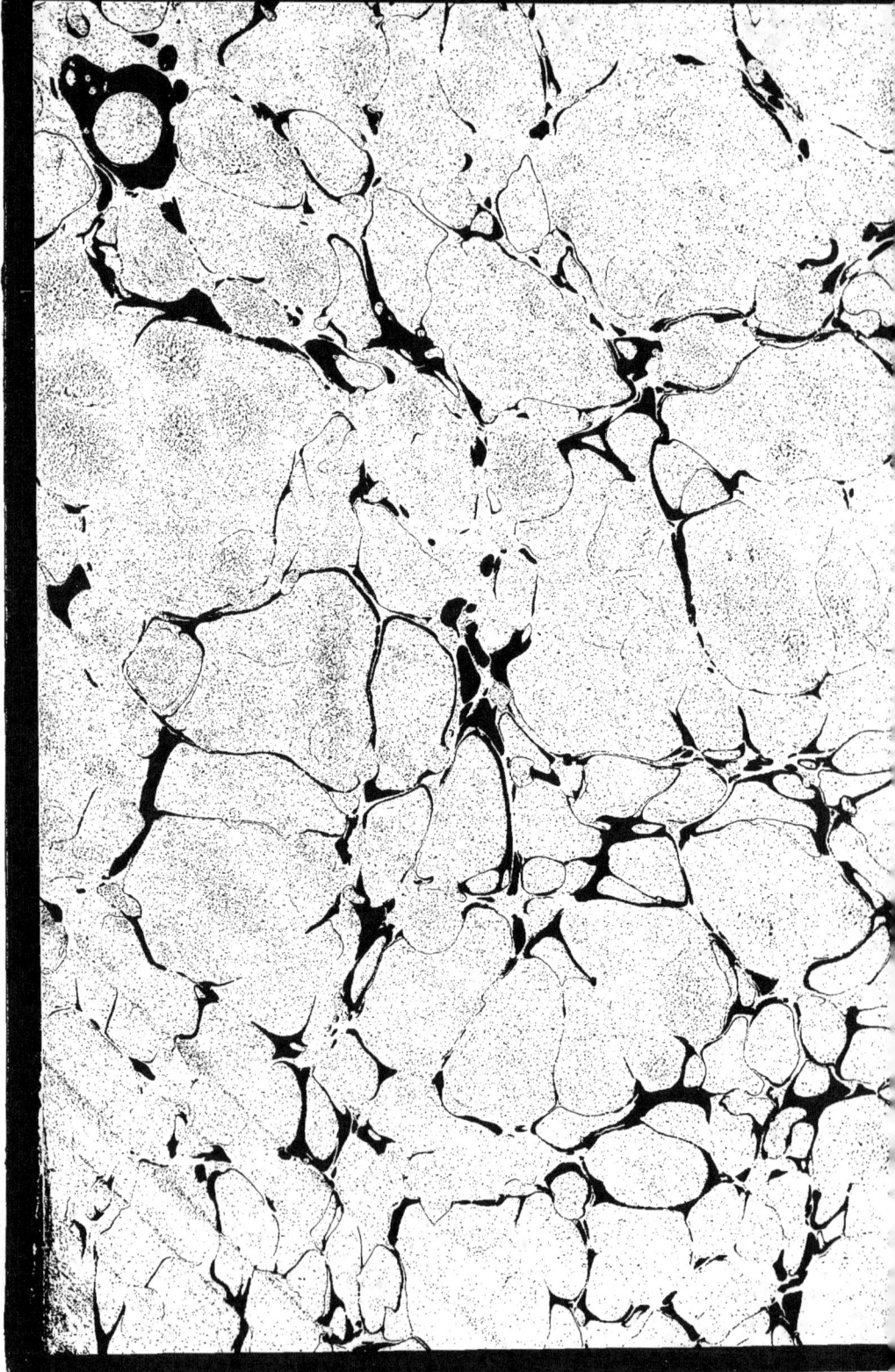

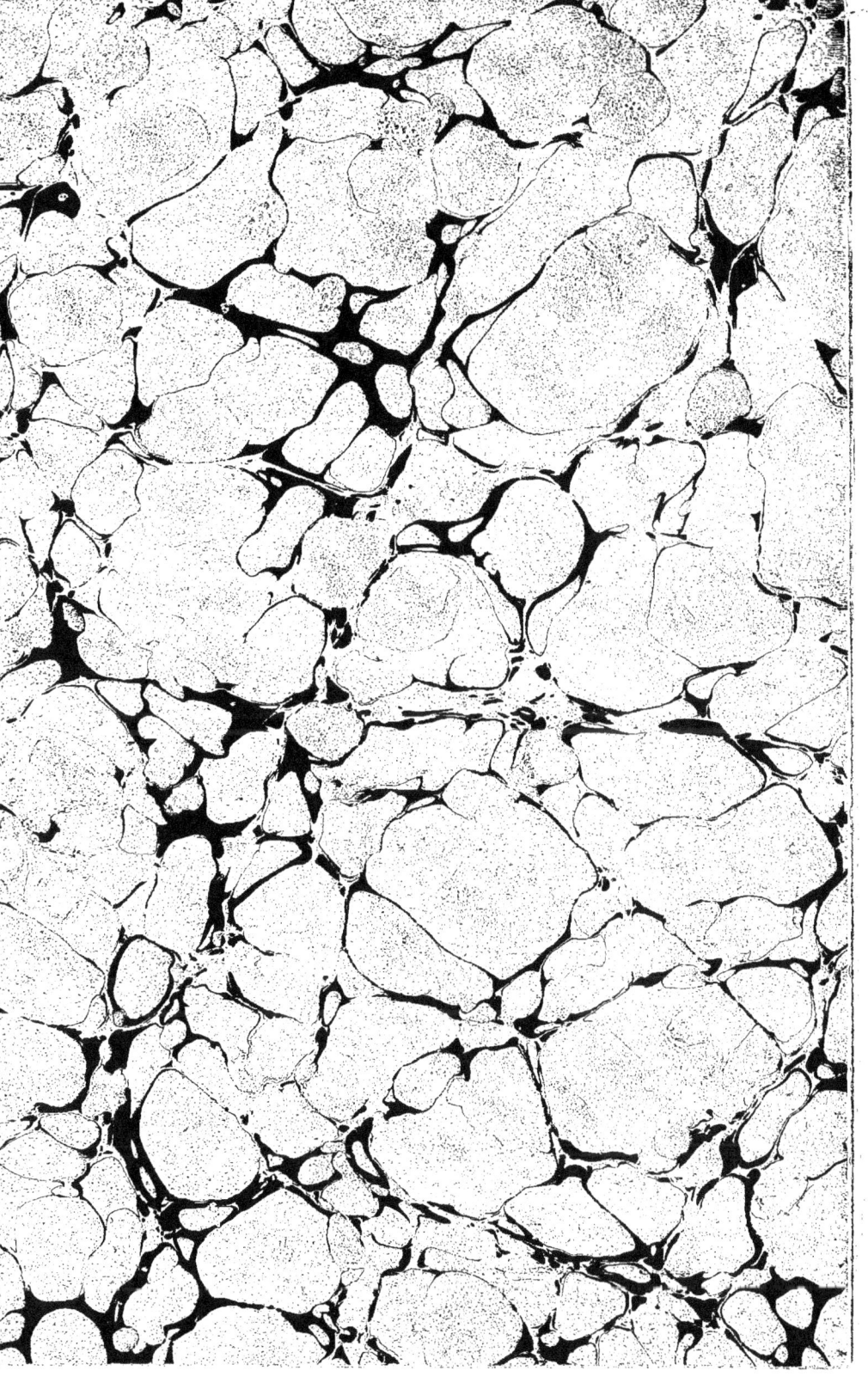

LE
TEMPLE
DE
GNIDE
SUIVI DE
CÉPHISE ET L'AMOUR
PAR
MONTESQUIEU

A PARIS

Chez le Mire Graveur

rue S.te Eustache des Gres

AVEC PRIVILÈGE DU ROI

A. VILLEM, Éditeur, rue des Poitevins, n° 2, Paris, 1880.

5

MONTESQUIEU

LE

TEMPLE DE GNIDE

AVEC FIGURES

GRAVÉES PAR N. LE MIRE

D'APRÈS LES DESSINS DE CH. EISEN

TEXTE ORIGINAL AVEC PRÉFACE INÉDITE

PAR

LE BIBLIOPHILE JACOB

1ʳᵉ à 4ᵉ LIVRAISONS

La 1ʳᵉ livraison se compose de 10 cahiers, pages 1 à 40 du texte.
Les 2ᵉ et 3ᵉ livraisons partagent l'illustration.
La 4ᵉ livraison complète la publication par les pages 41 à fin du texte,
la Préface nouvelle, le Titre et le Classement des gravures.

PARIS

Léon WILLEM, Éditeur

2, RUE DES POITEVINS, 2

1879

EN SOUSCRIPTION :

LE
TEMPLE DE GNIDE

par

MONTESQUIEU

AVEC FIGURES GRAVÉES PAR N. LE MIRE
D'APRÈS LES DESSINS DE Ch. EISEN (1772)
PRÉFACE INÉDITE PAR LE BIBLIOPHILE JACOB

Justification du tirage et prix par livraison :

300 papier vélin, gravures ordinaires	4 »
100 — de Hollande, gravures sur Chine	7 50
36 — Whatman, gravures sur Chine, noir et bistre . .	12 »
4 peau de brebis, gravures sur peau, noir et bistre . . .	45 »

Parmi les livres illustrés du xviii° siècle, celui que nous reproduisons est l'un des plus beaux et des plus chers. Le Guide Cohen, 1876, l'estime de 200 à 300 francs, d'après des adjudications alors récentes ; les prix ont encore monté depuis (1 000 francs. Fontaine, 1877, n° 957).

La charmante illustration (11 planches) sera complètement reproduite par la Photogravure ; quant au texte, celui de l'édition de 1772 étant fort incorrect, nous donnerons celui de l'édition originale, 1725.

L'ouvrage complet sera publié en 4 parties ou livraisons, il formera un magnifique volume in-8, imprimé en belle italique elzévirienne, l'illustration sera tirée sur les presses à bras de l'imprimerie Motteroz. En raison de la restriction du tirage, nous invitons MM. les Libraires et Bibliophiles à nous adresser tout de suite leurs souscriptions.

Imprimerie de Pons (Ch.-Inf.). — Noël Texier.

MONTESQUIEU

LE

TEMPLE DE GNIDE

ÉDITION UNIQUE

Tirée seulement à 440 Exemplaires :

Nᵒˢ 1 à 4, peau de brebis....................	4	Exemplaires.
5 à 40, papier Whatman..................	36	—
41 à 140, papier de Hollande...............	100	—
141 à 440, papier Vélin....................	3oo	—
	440	—

MONTESQUIEU

LE

TEMPLE DE GNIDE

SUIVI DE

CEPHISE ET L'AMOUR

AVEC FIGURES

DESSINÉES PAR CHARLES EISEN

GRAVÉES PAR NOEL LE MIRE

REPRODUITES PAR GILLOT ET IMPRIMÉES PAR MOTTEROZ

TEXTE ORIGINAL

AVEC PRÉFACE

PAR LE BIBLIOPHILE JACOB

PARIS

LEON WILLEM, ÉDITEUR

2, Rue des Poitevins, 2

1879-1880

PRÉFACE DE L'ÉDITEUR

E *Temple de Gnide*, a dit l'abbé de Voisenon[*], *les Lettres persanes, la Décadence des Romains, et l'Esprit des Lois,* sont tous les quatre d'un genre entièrement opposé ; c'est le peintre des Grâces, conteur fin et plaisant, un historien philosophe et un législateur profond. » Nous n'avons à nous occuper ici que du peintre des Grâces. Montesquieu avait trente-six ans, lorsqu'il composa *le Temple de Gnide*, en 1724.

Quoique président au Parlement de Bordeaux, depuis 1716, quoique marié et père de famille, il fut appelé et attiré dans la société la plus brillante et la plus polie de la capitale, dès qu'il voulut publier son premier ouvrage ; les succès littéraires qu'il avait eus à

[*] *Anecdotes littéraires.* T. IV. des Œuvres complètes, 1781, page 111.

a

l'Académie de Bordeaux, dont il était membre, éveil-
laient des échos flatteurs, qui précédèrent son entrée
dans le grand monde parisien, où le charme de son
esprit lui gagna toutes les sympathies, surtout celles des
femmes. Il n'eut de rival auprès d'elles, que son ami le
président Henault. Il avait une grande distinction, l'air
noble et affable à la fois, un maintien calme plutôt que
grave, autant d'élégance dans ses manières que dans sa
toilette. « Ce serait lui dérober la moitié de sa gloire,
dit d'Alembert *, que de passer sous silence ses agréments et ses qualités personnelles. Il était, dans le commerce, d'une douceur et d'une gaîté toujours égales. Sa
conversation était légère, agréable et instructive, par le
grand nombre d'hommes et de peuples qu'il avait
connus. Elle était coupée comme son style, pleine de
sel et de saillies, sans amertume et sans satire. Personne
ne racontait plus vivement, plus promptement, avec
plus de grâce et moins d'apprêt.... Ses fréquentes distractions ne le rendaient que plus aimable ; il en sortait
toujours par quelque trait inattendu qui réveillait la
conversation languissante.... Le feu de son esprit, le
grand nombre d'idées dont il était plein, les faisaient
naître, mais il n'y touchait jamais au milieu d'un entre-
tien intéressant ou sérieux : le désir de plaire à ceux
avec qui il se trouvait le rendait alors à eux sans affec-
tation et sans effort. »

Le marquis d'Argenson, qui écrivait, en 1736, ses

* *Eloge de Montesquieu*, T. III des Œuvres complètes, 1821,
p. 457.

Essais dans le goût de ceux de Montaigne, n'a pas
négligé d'y parler de Montesquieu, qu'il avait vu dès
son arrivée à Paris, en 1723 : « Montesquieu ne se tourmente pour personne, dit-il * ; il lit, il voyage, il amasse
des connaissances, il écrit enfin, et le tout uniquement
pour son plaisir. Comme il a infiniment d'esprit, il fait
un usage charmant de ce qu'il sait; mais il met plus
d'esprit dans ses livres que dans sa conversation, parce
qu'il ne cherche pas à briller et ne s'en donne point la
peine. Il a conservé l'accent gascon qu'il tient de son
pays, et trouve en quelque façon au-dessous de lui de
s'en corriger.... Je reviens au caractère qu'il porte dans
la société : beaucoup de douceur, assez de gaîté, une
égalité parfaite, un air de simplicité et de bonhomie,
qui, vu la réputation qu'il s'est déjà faite, lui forment
un mérite particulier. Il a quelquefois des distractions,
et il lui échappe des traits de naïveté qui le font trouver
plus aimable, parce qu'ils contrastent avec l'esprit qu'on
lui connaît. » Le marquis d'Argenson et d'Alembert ne
disent rien, cependant, de la réputation de galanterie
que le président de Montesquieu s'était faite ou du
moins s'était laissé faire, concurremment avec le président Henault, dans les salons où dominait la souve-
raineté féminine. Mais l'abbé de Voisenon **, après nous
avoir révéié que « le Temple de Gnide lui valut de
bonnes fortunes, à condition qu'il les cacherait, » semble
s'être arrêté tout à coup, de crainte d'en dire trop et se

---

* *Les Loisirs d'un Ministre ou Essais,* etc., 1787, T. II, p. 62 et
suivantes.
** *Anecdotes littéraires.*

borne à dire ensuite : « Il aimait beaucoup les femmes et connaissait beaucoup les hommes, par conséquent ne les aimait guère ; mais, comme il n'était pas sauvage, il les voyait, parce qu'il sentait que la société est un besoin. »

Une des bonnes fortunes que *le Temple de Gnide* valut à Montesquieu, la plus éclatante, bien qu'on lui imposât la condition de la cacher, ce fut sa liaison passagère avec une princesse du sang, mademoiselle de Clermont, dont la mère était Louise-Françoise de Bourbon, fille naturelle de Louis XIV et de Madame de Montespan. « A cette époque, dit M. Vian dans sa belle *Histoire de Montesquieu* *, Mademoiselle de Clermont était dans l'éclat de ses vingt-sept ans, en pleine possession de sa beauté, de son esprit et de son expérience. C'est alors que Nattier l'a peinte, sous un ciel chaud, dans un paysage frais et couronné de bois. Elle est vêtue à la grecque, avec les traits d'une jolie Nayade, assise sur un tertre de roseaux, un bras accoudé contre une urne penchante, et la main ouverte comme pour inviter à venir auprès d'elle ; deux attributs l'accompagnent : la Jeunesse, qui lui verse le nectar, et l'Amour, qui gouverne le cours de ses eaux ; c'est l'allégorie de la volupté provocante. » Mademoiselle de Clermont était sœur du duc de Bourbon, alors premier ministre de Louis XV, et amant en titre de la marquise de Prie, dame du palais de la reine ; elle était sœur aussi du comte de Clermont, abbé de Saint-Germain-

---

* Paris, Didier, 1875, in-8, p. 74.

des-Prés, qui préférait aux dames de la cour les dan-
seuses de l'Opéra. La sœur du duc de Bourbon et du
comte de Clermont ne pouvait que profiter de ces
exemples qu'elle avait sans cesse sous les yeux et qui
donnaient le ton à la petite cour de Chantilly. Elle était
pourtant intendante de la maison de la jeune reine, qui
ne lui demandait pas compte de sa conduite et qui
l'ignorait peut-être. Elle avait eu d'ailleurs un amant
avoué et ne s'en était pas cachée vis-à-vis de son
entourage. Cet amant était le duc de Melun, qui mourut,
à Chantilly, au mois de juillet 1722, des suites d'un
accident de chasse. « C'était, dit Voltaire dans une lettre
à la présidente de Bernières, un homme qui avait peu
d'agréments, mais beaucoup de vertu, et qu'on était
forcé d'estimer. » Ce ne fut pas sans doute cette vertu
estimable qui lui gagna le cœur de Mademoiselle de
Clermont, et nous sommes disposés à croire qu'il avait
des mérites cachés, plus convenables aux goûts et aux
habitudes de sa maîtresse. « Elle mangeait beaucoup,
dit l'auteur de l'*Histoire de Montesquieu*, buvait trop,
et tournait volontiers des couplets tels, que Louis XIV
l'avait appellée « la muse merdeuse du temps.... Les
chansonniers, pour ses audaces, la nommaient : «*Écoute
s'il pleut?* et les courtisans, par déférence, « Son
Altesse sérénissime. »

Le duc de Melun eut bien des successeurs, et Montesquieu paraît avoir été un de ceux-ci, en passant, sans
doute, lorsque la place était occupée par un autre
amant titulaire, si l'on peut bien apprécier la portée de
cette galanterie passagère dans trois brouillons de lettres

qui en sont les uniques monuments [*]. Voici, d'après
ces brouillons surchargés de ratures, ce que devaient
être les lettres originales, adressées à la princesse de
Clermont et représentant trois phases caractéristiques
de cet amour mystérieux : la déclaration, l'attente d'un
rendez-vous, et l'émotion d'un tête-à-tête troublé par
un indiscret; on peut croire que les deux amants en
restèrent là :

I

Je ne sais si je vous aurai assez dit, hier, combien je vous aime,
combien je me donne et combien je me sens à vous toutes les
fois que je vous vois. Toutes les fois que vous m'écrivez, il me
semble que je vous aime davantage.

Je vous remercie de ce que vous voulez bien travailler à me
procurer les moyens de vous voir plus aisément, comme je vous
remercie de mon bonheur.

J'ai mille choses à vous dire. Je ne vous ai rien dit ; vous ne
me connaissez pas, je ne vous connais pas : d'où vient que je vous
aime ?

J'approuve infiniment ce que vous me mandâtes hier : que vous
ne vouliez pas de confidente. On n'en a que les inconvénients.
on n'en aime que moins. Nous n'en aurions besoin que pour nous
raccommoder, et nous ne nous brouillerons jamais.

II

Cet air absolu ne m'intimide point.

Pourquoi ne vivrais-je point sous les lois de ce que j'aime ?

Je suivrai vos ordres, de point en point.

Je suis fâché que vos gens n'aillent point à Versailles et que je
sois obligé de vivre si près de vous sans vous voir.

Vous m'occupez entièrement. Vous faites le tourment de mon
esprit, comme vous faites les délices de mon cœur.

Adieu, Madame. Je serais heureux si cette nuit.... Mais je parle
inutilement de mes désirs et de mes regrets.

---

[*] *Histoire de Montesquieu*, par Louis Vian. p. 76 et 77.

III

Je suis dans le dernier désespoir depuis que je vous ai quittée.

J'ai craint et je crains encore que la personne que vous savez n'aie vu ou deviné, et je me reproche toute la peine que cela vous peut faire.

Pardonnez-moi jusques à mon amour.

J'ai mille choses à vous dire. Avouez que j'ai été bien sot. Je n'ai jamais été si embarrassé de mon désordre et du vôtre ; mais vous aviez encore de l'esprit, et je n'en avais plus.

Je ne compte pas dans ma vie et je ne daigne pas vous offrir les moments qui jusques à samedi ne sont rien, puisque je ne les passerai pas avec vous.

Il est impossible de deviner quel pouvait être l'importun, qui dérangea si mal à propos les deux amants, mais qui avait assez de savoir vivre pour ne pas laisser voir qu'il s'était aperçu de leur position délicate. En tous cas, Montesquieu avoue qu'il ne fut jamais si embarassé et si confus : « Vous aviez encore de l'esprit, et je n'en avais plus. » N'est-il pas probable que c'était le duc de Bourbon en personne, devant qui Mademoiselle de Clermont n'avait pas trop à rougir de son *désordre*. Elle avait accordé, au charmant auteur des *Lettres persanes*, une preuve d'admiration et de confiance ; le président de Montesquieu n'était pas homme à trahir un pareil secret.

Cette aventure précède, selon nous, la composition du *Temple de Gnide*, qui aurait été fait exprès pour Mademoiselle de Clermont dans une circonstance qui en explique le sujet et l'intention. Le comte de Clermont et la marquise de Prie assistèrent, en 1724, à une fête bur-

lesque et mythologique, qui eut lieu au château de
Bellébat et dont Voltaire s'était fait le poëte, tandis que
le curé de Courdemanche, lequel avait « la tête tournée
de vers et de musique », en fut le plastron. « On avait
illuminé la grande salle de Bellébat, au bout de laquelle
on avait dressé un trône sur une table de lansquenet;
au-dessus du trône, pendait à une ficelle imperceptible
une grande couronne de lauriers, où était renfermée une
petite lanterne allumée, qui donnait à la couronne un
éclat singulier. Monseigneur le comte de Clermont et
tous les citoyens de Bellébat étaient rangés sur des
tabourets; ils avaient tous des branches de lauriers à la
main, un bonnet de papier, sur la tête, fait en forme
de pain de sucre, et sur chaque bonnet on lisait en
grosses lettres les noms des plus grands poètes de l'antiquité. Ceux qui faisaient les fonctions de grands-maîtres
des cérémonies avaient une couronne de lauriers sur la
tête, un bâton à la main, et étaient décorés d'un tapis
vert qui leur servait de mante. Tout était disposé, et le
curé étant arrivé dans une calèche à six chevaux qu'on
avait envoyée au-devant de lui, il fut conduit à son
trône. Dès qu'il fut assis, l'orateur lui prononça, à
genoux, une harangue dans le style de l'Académie, pleine
de louanges, d'antithèses et de mots nouveaux. Le curé
reçut tous ces éloges avec l'air d'un homme qui sait bien
qu'il en mérite encore davantage.... Après la harangue,
on exécuta le concert*. » C'était Voltaire qui avait fait

---

* *La Fête de Bellébat*, dans les Œuvres de Voltaire, édition de
Desoer, 1817, tome III, p. 577 et suivantes.

les vers de ce joyeux divertissement, donné en l'honneur
du bon curé de Courdemanche, dans le château du
marquis de Livry, premier maître d'hôtel du roi, en présence des personnes les plus considérables et les plus
folles de la cour. Le but de cette fête comique était de
rendre hommage à la marquise de Prie, qui en fut
l'objet et le témoin. Dans la cérémonie qui suivit la
harangue de l'orateur, on représenta le curé de Courdemanche, *prêtre d'Apollon*, confessant ses péchés et prêt
à rendre le dernier soupir, parce qu'une chaudière d'eau
bouillante lui était tombée sur les jambes. Voici ce
qu'on lui chantait, en guise de prière des agonisants :

LE CHŒUR

Ah ! notre curé
S'est bien échaudé,
Faisant sa lessive !
Ah ! notre curé
Est presque enterré
Pour s'être échaudé !

UN HABITANT

Et du même chaudron
La pauvre Bacarie
A brûlé son . . .

LE CHŒUR l'interrompant

Ah ! notre curé, etc.

UN HABITANT

Quelques gens nous ont dit
Que le curé lui-même
Avait brûlé son . . .

LE CHŒUR l'interrompant

Ah ! notre curé, etc.

c

Voltaire, nommé coadjuteur du curé de Courdemanche, était couronné par la marquise de Prie, et le
chœur, de chanter, en guise d'*alleluia* :

> *Pour prix du bonheur extrême*
> *Que nous goutons dans ces lieux*
> *Et qu'on ne doit qu'à toi-même,*
> *Reçois ce don précieux ;*
>   *Je te le donne,*
> *En attendant mieux*
>   *Qu'une couronne !*

LES HABITANTS DE BELLÉBAT

> *Dans cet auguste jour,*
> *Reçois cette couronne :*
> *Par les mains de l'Amour,*
> *Notre cœur te la donne.*
> *Et ʒon, ʒon, ʒon, etc.*
>
> *Du poste où l'on t'introduit*
> *Connais toutes les charges ;*
> *Il faut des épaules larges,*
> *Grand'soif et bon appétit.*

La cérémonie finissait par un hymne à l'Amour et à
Bacchus. Aucun des spectateurs n'avait été sans doute
scandalisé de tout ce qui s'était fait, de tout ce qui s'était
dit et chanté dans la *Fête de Bellébat*, puisque Voltaire
eut l'audace d'en envoyer le livret à Mademoiselle de
Clermont.

La princesse ne fut peut-être pas scandalisée, mais
Montesquieu le fut, et il se fit fort de prouver qu'un
écrivain de talent et de goût pouvait traiter les sujets
les plus scabreux avec décence et avec adresse. Il in-
venta donc, il écrivit le *Temple de Gnide*, poème en
prose, où il rassembla dans des tableaux érotiques tout

ce qui pouvait toucher un cœur sensible et plaire à un esprit délicat. L'ouvrage plut certainement à Mademoiselle de Clermont et à la société de Chantilly, qui en eut l'étrenne. Ce poème était plein d'allusions transparentes, et chacun put y chercher et y trouver des rapports plus ou moins voilés avec la vie galante qu'on menait à Chantilly, car Gnide, c'est Chantilly, que l'auteur décrit au début du premier chant de son poème. « La déesse a voulu que le Peuple de Gnide, dit-il, eut un culte plus pur et lui rendit des honneurs plus dignes d'elle. Là, les sacrifices sont des soupirs et les offrandes un cœur tendre. Chaque amant adresse ses vœux à sa maîtresse, et Vénus les reçoit pour elle. »

Il serait possible que la marquise de Prie, qui était la reine de Chantilly, se fut reconnue dans cette personnification ; en tous cas, on doit présumer que les courtisans en avaient fait le rapprochement pour flatter à la fois le duc de Bourbon et sa maîtresse. Montesquieu s'était représenté lui-même sous la figure d'un jeune Gnidien, amoureux de Thémire, qui n'est autre que Mademoiselle de Clermont : « J'ai été à Gnide, j'y ai vu Themire et je l'ai aimée ; je l'ai vue encore et je l'ai aimée davantage. » Ce sont presque les idées et les expressions qu'on retrouve dans les brouillons de lettres de Montesquieu adressées à Mademoiselle de Clermont : « Je ne sais si je vous aurai assez dit hier combien je vous aime, combien je me donne et combien je me sens à vous toutes les fois que je vous vois : toutes les fois que vous m'écrivez, il me semble que je vous aime davantage. » Il ajoute dans le poème : « Je resterai

toute ma vie à Gnide avec elle, et je serai le plus heureux des mortels. Nous irons dans le temple, et jamais
il n'y sera entré un amant plus fidèle; nous irons dans
le palais de Vénus, et je croirai que c'est le palais de
Thémire. »

Plus loin, Montesquieu, toujours le même Gnidien,
raconte au jeune Aristée, qui pourrait bien être le président Henault, comment il s'est épris de Thémire et
comment il eut le bonheur de lui plaire : « J'arrivai à
Gnide. Je puis dire que d'abord je respirai l'amour. Je
sentis... Je ne puis pas bien exprimer ce que je sentis.
Je n'aimais pas encore, mais je cherchais à aimer ;
mon cœur s'échauffait, comme dans la présence de quelque beauté divine. J'avançais, et je vis de loin des jeunes
filles qui jouaient dans la prairie : je fus d'abord entraîné vers elles. « Insensé que je suis ! disais-je ; j'ai,
sans aimer, tous les égarements de l'amour : mon cœur
vole déjà vers des objets inconnus, et ces objets lui
donnent de l'inquiétude ! » J'approchais : je vis la charmante Thémire. Sans doute que nous étions faits l'un
pour l'autre ; je ne regardais qu'elle, et je crois que je
serais mort de douleur si elle n'avait tourné sur moi
quelques regards. « Grande Vénus, m'écriai-je, puisque
vous devez me rendre heureux, faites que ce soit avec
cette bergère ; je renonce à toutes les autres beautés ; elle
seule peut remplir vos promesses et tous les vœux que
je ferai jamais. »

Un songe avait déjà offert au Gnidien l'image de
Thémire, et il put faire ainsi à son réveil le portrait de
Mademoiselle de Clermont : « Je ne sus pas d'abord si

c'était une mortelle ou une déesse. Un charme secret était répandu sur toute sa personne ; elle n'était point belle comme Vénus, mais elle était ravissante comme elle ; tous ses traits n'étaient point réguliers, mais ils enchantaient tous ensemble : Vous n'y trouviez point ce qu'on admire, mais ce qui pique ; ses cheveux tombaient négligemment sur ses épaules, mais cette négligence était heureuse ; sa taille était charmante ; elle avait cet air que la Nature donne seule et dont elle cache le secret aux peintres mêmes. » C'était la Nayade peinte d'après nature par Nattier, et supérieure, en réalité, à l'œuvre du peintre. La fidélité de Thémire semblait plus douteuse que sa constance, et le Gnidien ne tarda pas à être jaloux ; sa jalousie se portait même sur les souvenirs du passé : « On disait, l'autre jour, que Thyrsis, qui a tant aimé Thémire, devait arriver à Gnide : il l'a aimée, sans doute qu'il l'aime encore ; il faudra que je dispute un cœur que je croyais tout à moi.....Je me souviens que Thyrsis porta à ma Thémire des fleurs nouvelles : Malheureux que je suis ! elle les a mises sur son sein ! « C'est un présent de Thyrsis, » disait-elle. Ah ! j'aurais dû les arracher et les fouler à mes pieds. » Thémire s'est égarée et le Gnidien craint de l'avoir perdue ; il la retrouve enfin, tout éploré, et elle le console. Mais elle refuse de lui céder et elle ne lui accorde qu'un baiser : « Elle m'embrassa, dit-il, je reçus ma grâce hélas ! sans espérance de devenir coupable. »

Les fameux brouillons de lettres, trouvés dans le portefeuille de Montesquieu, après sa mort, attestent que Thémire avait été moins cruelle et que le Gnidien avait

d

été plus coupable : « Je suis dans le dernier désespoir, depuis que je vous ai quittée. J'ai craint et je crains encore que la personne que vous savez n'aie vu et deviné, et je me reproche toute la peine que cela vous peut faire. Pardonnez-moi jusques à mon amour! » Montesquieu a-t-il fait le *Temple de Gnide* pour se défendre d'avoir été plus avant qu'il ne le dit, dans sa passion pour Thémire? Tout ce grand tapage d'amour satisfait et partagé se serait borné à un simple baiser. Beaucoup de bruit pour peu de chose. Montesquieu, surpris en flagrant délit d'amant heureux, ne retourna peut-être pas de sitôt à Chantilly : « Je ne compte pas, écrivait-il dans le brouillon de sa troisième lettre, je ne compte pas dans ma vie et je ne daigne pas vous offrir les moments qui, jusques à samedi, ne sont rien, puisque je ne les passerai pas avec vous. » Les espérances et les projets du samedi s'en allèrent probablement en fumée, et s'il y avait eu une quatrième lettre, Montesquieu en aurait certainement gardé le brouillon, comme les autres. Le poème du *Temple de Gnide* n'eut pas de dénouement ni d'épilogue.

Le manuscrit de ce poème ne resta pas dans les mains de Mademoiselle de Clermont, ou du moins il y en eut des copies qui circulèrent. Ce fut une de ces copies qui fut envoyée au rédacteur d'un nouveau journal, la *Bibliothèque françoise*, publié à Amsterdam, et qui parut, dans le second semestre de l'année 1724, avec une note où l'auteur était désigné, sinon nommé : « Cette pièce a été trop bien reçue du public pour refuser de la mettre au rang des pièces fugitives qui méritent d'être conservées. On assure qu'elle est de la façon de celui qui nous donna les *Lettres persanes*. » Le texte imprimé dans la *Bibliothèque françoise* est presque semblable à celui que Montesquieu donna lui-même dans une édition anonyme, in-12 de 82 pages, qu'il fit paraître à Paris en 1725 chez le libraire Nicolas Simart, au nom duquel le privilège fut accordé, à la date du 8 février de cette même année : « Notre bien aimé Nicolas Simart, libraire à Paris, adjoint de sa Communauté, nous ayant fait représenter qu'il lui auroit été mis en main un manuscrit qui a pour titre le *Temple de Gnide*, qu'il souhaiteroit faire imprimer et donner au public, s'il nous plaisoit lui accorder nos Lettres de privilège, sur ce nécessaire : à ces causes, voulant traiter favorablement ledit Exposant, nous lui avons permis et permettons, par ces Présentes, de faire imprimer ledit livre, en tels volume, format, marge, caractère, conjointement ou séparément et autant de fois que bon lui semblera ; et de le vendre, faire vendre et débiter par tout le royaume pendant le temps de huit années consécutives. » Montesquieu avait ajouté seulement une préface et supprimé le commencement d'une phrase inachevée, qui semblait indiquer une lacune dans le passage le plus libre de ce poème érotique.

Cette préface, dans laquelle il se moquait indirectement d'une traduction de la *Jérusalem délivrée*, par J.-B. Mirabaud, qui avait paru l'année précédente (Paris, Barrois, 1724, 2 volumes in-12), présentait le *Temple de Gnide* comme traduit fidèlement d'après un manuscrit trouvé parmi les livres d'un évêque grec.

Il était difficile de ne pas reconnaître une malicieuse plaisanterie dans la dernière phrase, où le prétendu traducteur disait : « Il y a trente ans que je travaille à un livre de douze pages, qui doit contenir tout ce que nous savons sur la métaphysique, la politique et la morale, et tout ce que de grands auteurs ont oublié dans les volumes qu'ils ont donnés sur ces sciences-là. » Mathieu Marais l'ingénieux collaborateur de Bayle, ne fut pas dupe de la supercherie : « On veut faire, croire dit-il dans ses *Mémoires*, ce petit livre traduit du grec et trouvé dans la bibliothèque d'un évêque, mais cela sort de la tête de quelque libertin qui a voulu envelopper des ordures sous des allégories. L'addition de la fin, où l'Amour fait revenir ses ailes sur le sein de Vénus, n'est pas mal friponne ; et les femmes disent qu'elles veulent apprendre le grec, puisqu'on y trouve de si jolies cures..... Les allusions y couvrent des obscénités à demi-nues *. » Mme du Deffant, qui, au dire de d'Alembert, « sans être un homme de lettres de profession, jugeait avec beaucoup de goût les différentes productions de nos littérateurs, » caractérisa mieux encore ce poème érotique, en l'appelant *l'Apocalypse de la galanterie* **.

On soupçonna, on accusa le président de Montesquieu d'en être l'auteur, mais, comme il s'en serait défendu énergiquement, personne n'osa le lui attribuer en face.

* *Journal et Mémoires*, de Mathieu Marais, publiés par de Lescure, tome III, p. 174.
** *Eloge de Montesquieu*, par d'Alembert, édit. de 1821. tome III, p. 403.

Ce fut peut-être pour dépayser les curieux et faire taire les indiscrets, qu'on fit, l'année suivante, une nouvelle édition du *Temple de Gnide*, suivi de deux opuscules qui ne pouvaient pas être attribués à Montesquieu, *le Muet babillard* et *la Sympathie forcée* (Paris, 1726, in-12). La Critique, d'ailleurs, s'était peu occupée de ce poème en prose, dans lequel on rencontrait çà et là une foule de vers, qui donnaient à croire que l'auteur était un poète qui n'avait pas eu le temps de versifier tout son ouvrage. Montesquieu ne passait pas pour un poète, bien qu'il eut fait de gracieuses poésies de société, et d'ailleurs on ne le jugeait pas capable de se compromettre par la publication d'un ouvrage aussi galant, lui qui posait dès lors sa candidature à l'Académie française, en renonçant en même temps au séjour de Bordeaux et à sa charge de président à mortier. C'était déjà bien assez de s'excuser d'avoir mis au jour les *Lettres persanes* qu'il ne pouvait plus désavouer. On ne lui eut pas pardonné sans doute de s'être fait le dénonciateur des horribles débauches du Palais-Royal sous la régence du duc d'Orléans, car tout le monde avait reconnu le Palais-Royal dans la peinture des mœurs infâmes de Sybaris.

Le *Journal des Savants* était, à cette époque, le journal de critique le plus important qui parut en France ; il ne pouvait pas se dispenser de donner un compte-rendu d'un petit livre anonyme, que tout le monde lisait ; ce compte-rendu a été fait certainement par un ami de l'auteur, qui savait le secret du *Temple de Gnide :*

« L'auteur de ce petit ouvrage le donne pour une tra-

c

duction d'un poème grec, dont on n'a jamais ouï parler.
« On a trouvé, dit-il, des ouvrages jusque dans les tombeaux de leurs auteurs, et ce qui est à peu près la même
chose, on a trouvé celui-ci parmi les livres d'un évêque
grec. » Il lui donne le nom de poème, mais il avoue, en
même temps, qu'il ne ressemble à aucun ouvrage de ce
genre, que nous ayons. En effet, il n'est venu jusqu'ici en
pensée à aucun auteur, d'écrire sans dessein.

« Ce poème (nous lui donnons ce nom, puisqu'il plaît
à l'auteur de l'appeler ainsi) ne respire que la volupté
et se fait lire, par cette raison, sans renfermer ni histoire, ni fable, ni intrigue, ni dénouement. C'est une
simple description qui se soutient un peu par l'allégorie,
et par un sens libre caché sous des expressions figurées.
L'auteur a partagé son ouvrage, après coup, en sept
petits chants, pour le délassement du lecteur, qu'on ne
laisse pas quelquefois s'ennuyer avec de l'esprit et surtout avec une élégance un peu affectée

« Les sept chants, dont il s'agit, doivent être regardez
comme sept chapitres, qui traitent de la même chose.

« Pour peu que cet ouvrage eût eu quelque goût de
la bonne antiquité, on auroit eu de la peine à ne pas
croire l'auteur, lorsqu'il proteste sérieusement que c'est
une traduction, et on auroit peut-être ajouté foi à ces
paroles de la Préface : « J'avois eu d'abord le dessein,
dit-il, de mettre l'original à côté de la traduction ; mais
on m'a conseillé d'en faire une édition à part, et d'attendre les sçavantes notes, qu'un homme d'érudition y
prépare et qui seront bientôt en état de voir le jour. »
Mais ce qui suit est trop ironique et manifeste la suppo-

sition : « Quant à ma traduction, continue-t-il, elle est
fidèle ; j'ay crû que les beautés qui n'étoient point dans
mon auteur n'étoient point des beautés, et j'ay pris l'expression, qui n'étoit point la meilleure, lorsqu'elle m'a
paru mieux rendre sa pensée. » C'est sur le même ton
sans doute, qu'après avoir vanté la *fidélité* de sa version,
il fait immédiatement après l'éloge de la nouvelle traduction du Tasse.

« Il ne s'agit, dans ce petit ouvrage, que de la description du Temple de Gnide, de la manière dont Vénus y
préside et y est adorée, des tableaux qui ornent ce riant
édifice, des mœurs des Gnidiens et des Gnidiennes. et du
caractère des femmes étrangères qui viennent de tout
cotez, pour sacrifier à la déesse. Mais ces choses sont trop
frivoles pour qu'il nous convienne de nous y arrêter.
Nous dirons seulement que la peinture des Sybarites et
le portrait de Camille sont des endroits qui ont plû.
Comme l'ouvrage est peu lié et ne fait point un tout,
l'auteur aurait pu, dit-on, supposer un grand nombre de
lacunes dans son prétendu manuscrit grec. Au reste, ce
Temple de Gnide ressemble peu au Temple de Gnide
qu'on voit dans le Dialogue de Lucien, intitulé *Les
Amours*, où il est parlé de la fameuse Vénus de Praxi-
tele et de quelques circonstances curieuses. Gnide ou
Cnide n'étoit pas moins célèbre autrefois que Paphos.

« *O Vénus Regina Gnidi Paphique.* HORAT. »

Montesquieu, pour dissiper la fâcheuse impression
que le *Temple de Gnide* avait laissée dans l'opinion, des

personnes graves et austères qui attendaient son *Esprit des loix*, annonça l'intention de faire paraître d'abord les *Considérations sur la grandeur et la décadence des Romains*. Cet ouvrage de philosophie historique lui ouvrit les portes de l'Académie française, en janvier 1728. Il partit presque aussitôt pour ses longs voyages à travers l'Europe. On ne parlait plus du *Temple de Gnide*, lorsqu'il revint en France, et il ne consentit à le laisser réimprimer que plusieurs années plus tard : on le plaça modestement à la suite des *Ames rivales* de Moncrif, qui se prêta volontiers à cette association honorable pour lui (*Paris*, sous la rubrique de *Londres*, 1738, in-12). Montesquieu n'avait pas consenti à mettre son nom sur un ouvrage qu'il avait si souvent et si longtemps désavoué. « J'oubliai d'avoir l'honneur de vous dire, Monsieur, écrivait-il à Moncrif le 26 avril 1738, que si le sieur Prault, dans l'édition de ce petit roman, alloit mettre quelque chose qui, directement ou indirectement, put faire penser que j'en suis l'auteur, il me désobligeroit beaucoup. Je suis, à l'égard des ouvrages qu'on m'a attribués, comme La Fontaine-Martel l'étoit pour les ridicules : on me les donne, mais je ne les prends point. » Le *Temple de Gnide* reparut donc sans nom d'auteur, et quatre ans plus tard Montesquieu s'obstinait encore à nier sa paternité littéraire, car il écrivait à l'abbé Guasco en 1742 : « Je voudrais bien que vous fussiez à Paris, avant que j'en parte, et je me réserve de vous dire alors le secret du *Temple de Gnide*. » Ce secret n'en était plus un, lorsque deux éditions, revues, corrigées et augmentées, parurent simultanément à Londres et à Leyde

avec le nom de l'auteur. Celui-ci y avait ajouté une épi-
graphe tirée d'un épithalame de l'empereur Galien, en
changeant complétement le sens et l'esprit de la Préface.
On y trouvait ce touchant aveu : « A l'égard du beau
sexe, à qui je dois le peu de moments heureux que je
puis compter dans ma vie, je souhaite de tout mon cœur,
que cet ouvrage puisse lui plaire : je l'adore encore, et
s'il n'est plus l'objet de mes occupations, il l'est de mes
regrets. »

Le marquis d'Argenson, en jugeant les qualités et les
défauts de ce poème galant, se faisait l'écho de l'opinion
des salons : « J'oubliois de parler de son petit poème en
prose dans le goût grec, intitulé le *Temple de Gnide*.
Je ne sais si la réputation que le Président s'étoit faite
par les *Lettres persanes* n'a pas contribué à faire priser
ce petit morceau plus qu'il ne mérite : il y a beaucoup
d'esprit, quelquefois des grâces et de la volupté, dont la
touche en quelques endroits est même un peu forte, et il
y règne un ton d'observations philosophiques qui carac-
térisent l'auteur, mais n'est point du tout du genre.
Fontenelle n'eut pas fait sans doute les *Considérations
sur les Romains*, mais le Temple de Gnide eût été mieux
construit par lui que par Montesquieu *. »

Le jugement de d'Alembert est moins rigoureux et
plus juste, plus fin et plus favorable : « Le *Temple de
Gnide* suivit d'assez près les *Lettres persanes*. Montesquieu, après avoir été dans celles-ci Horace, Théophraste

---

* *Loisirs d'un ministre, ou Essais dans le goût de Montaigne,*
par le marquis d'Argenson.

et Lucien, fut Ovide et Anacréon dans ce nouvel essai :
ce n'est plus l'amour despotique de l'Orient qu'il se pro-
pose de peindre ; c'est la délicatesse et la naïveté de
l'amour pastoral, tel qu'il est dans une âme neuve que le
commerce des hommes n'a point encore corrompue.
L'auteur, craignant peut-être qu'un tableau si étranger
à nos mœurs ne parut trop languissant et trop uniforme,
a cherché à l'animer par les peintures les plus riantes ;
il transporte le lecteur dans des lieux enchantés, dont à la
vérité le spectacle intéresse peu l'amant heureux, mais
dont la description flatte au moins l'imagination quand
les désirs sont satisfaits. Emporté par son sujet, il a
répandu dans sa prose ce style animé, figuré et poétique,
dont le roman de *Télémaque* a fourni parmi nous le premier modèle. Nous ignorons pourquoi quelques censeurs
du *Temple de Gnide* ont dit, à cette occasion, *qu'il
aurait eu besoin d'être en vers* : Le style poétique, si
on entend, comme on le doit, par ce mot, un style plein
de chaleur et d'images, n'a pas besoin, pour être agréable,
de la marche uniforme et cadencée de la versification ;
mais si on ne fait consister ce style que dans une diction
chargée d'épithètes oisives, dans les peintures froides et
triviales des ailes et du carquois de l'Amour et de sem-
blables objets, la versification n'ajoutera presque aucun
mérite à ces ornemens usés : on y cherchera toujours en
vain l'âme et la vie. Quoiqu'il en soit, le *Temple de Gnide*
étant une espèce de poème en prose, c'est à nos écrivains
les plus célèbres en ce genre à fixer le rang qu'il doit
occuper : il mérite de pareils juges ; nous croyons du
moins que les peintures de cet ouvrage soutiendront avec

succès une des principales épreuves des descriptions poé-
tiques, celle de les représenter sur la toile. Mais ce qu'on
doit surtout remarquer dans le *Temple de Gnide,* c'est
qu'Anacréon même y est toujours observateur et philosophe *. »

Sans tenir compte de l'avis partial de Voltaire, qui a dit
de l'auteur du *Temple de Gnide* : « Il est coupable de
lèze-poésie** » le Dix-huitième Siècle, qui se connaissait
en affaire de goût raffiné, s'est prononcé sur le mérite
exceptionnel de ce délicieux poème, qu'il avait inspiré, en
l'offrant aux dames, en 1772, orné de figures dessinées
par Ch. Eisen et gravées par Le Mire.

P.-L. Jacob, bibliophile.

* *Eloge de Montesquieu*, par d'Alembert.
** La Harpe. *Cours de littérature.*

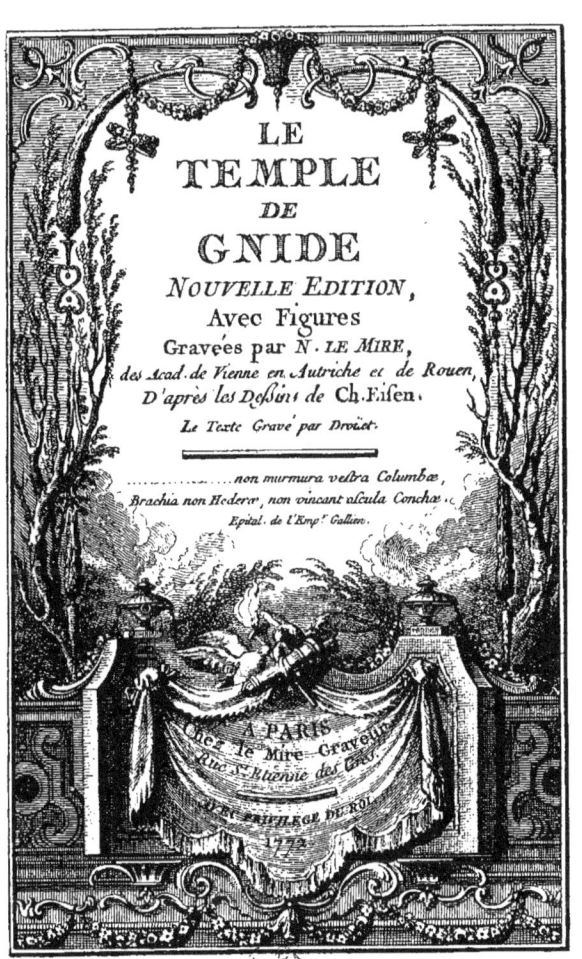

LE
TEMPLE
DE
GNIDE
NOUVELLE EDITION,
Avec Figures
Gravées par *N. LE MIRE*,
des Acad. de Vienne en Autriche et de Rouen,
D'après les Dessins de Ch. Eisen.

Le Texte Gravé par Drouet.

.... *non murmura vestra Columbæ,*
Brachia non Hederæ, non vincant oscula Conchæ.
Epital. de l'Emp.r Gallien.

A PARIS
Chez le Mire Graveur
Rue St Etienne des Grés

AVEC PRIVILEGE DU ROI
1772

PRÉFACE
DU
TRADUCTEUR

U N *Ambassadeur de France à la Porte Otto-*
mane, connu par son gout pour les lettres, ayant
achetté plusieurs manuscrits Grecs, il les porta en
France. Quelques-uns de ces Manuscrits m'étant tombez
entre les mains, j'y ai trouvé l'ouvrage dont je donne
ici la Traduction.

Peu de Poëtes Grecs sont venus jusqu'à nous, soit
qu'ils ayent peri dans la ruine des Bibliotheques, ou par
la negligence des Familles qui les possedoient.

Nous recouvrons de tems en tems quelques pieces de

ces tresors. On a trouvé des Ouvrages jusque dans les
Tombeaux de leurs Auteurs ; et, ce qui est à peu près
la même chose, on a trouvé celui-ci parmi les livres
d'un Évêque Grec.

Ce Poëme ne ressemble à aucun ouvrage de ce genre
que nous ayons.

Cependant les regles, que les Auteurs des Poëtiques
ont prises dans la nature s'y trouvent observées.

La description de Gnide, qui est dans le premier
Chant, est d'autant plus heureuse qu'elle fait, pour ainsi
dire, naître le Poëme ; qu'elle est non pas un ornement
du sujet, mais une partie du sujet même : bien differente
de ces descriptions que les anciens ont tant blamées, qui
sont étrangeres et recherchées :

Purpureus latè qui splendeat, unus et alter
Assuitur pannus.

Les Épisodes du second et du troisieme Chant naissent aussi du sujet, et le Poëte s'est conduit avec tant
d'art, que les ornemens de son Poëme en sont aussi des
parties necessaires.

Il n'y a pas moins d'art dans le quatrieme et le cin-
quieme Chant. Le Poëte, qui devoit faire reciter à
Aristhée l'histoire de ses amours avec Camille, ne fait
raconter au fils d'Antiloque ses avantures, que jusques

au moment qu'il a vû Thémire, afin de mettre de la variété dans les recits.

L'histoire d'Aristhée et de Camille est singuliere, en ce qu'elle est uniquement une histoire de sentimens.

Le nœud se forme dans le sixieme Chant, et le dénouëment se fait très heureusement dans le septieme par un seul regard de Thémire.

Le Poëte n'entre pas dans le détail du racommodement d'Aristhée et de Camille : il en dit un mot, afin qu'on sçache qu'il a été fait ; et il n'en dit pas davantage, pour ne pas tomber dans une uniformité vicieuse.

Le dessein du Poëme est de faire voir, que nous sommes heureux par les sentimens du cœur, et non pas par les plaisirs des sens ; mais que notre bonheur n'est jamais si pur, qu'il ne soit troublé par les accidents.

Il faut remarquer que les Chants ne sont point distinguez dans la traduction : la raison en est que cette distinction ne se trouve pas dans le Manuscrit Grec, qui est tres ancien. On s'est contenté de mettre une Note à la marge, au commencement de Chaque chant.

On ne sçait ny le nom de l'Autheur, ny le temps auquel il a vècu : tout ce qu'on en peut dire, c'est qu'il n'est pas anterieur à Sapho, puis qu'il en parle dans son ouvrage : il y a même lieu de croire qu'il vivoit avant Terence, et que ce dernier a imité un passage qui est à la fin du second Chant. Car il ne paroit pas que nôtre Auteur

*soit Plagiaire ; au lieu que Terence a volé les Grecs,
jusqu'à inserer dans une seule de ses Comedies deux
pieces de Menandre.*

   *J'avois d'abord eu dessein de mettre l'Original à côté
de la Traduction ; mais on m'a conseillé d'en faire une
édition à part et d'attendre les sçavantes Notes qu'un
homme d'érudition y prepare, et qui seront bien tôt en
état de voir le jour.*

   *Quant à ma Traduction, elle est fidelle : j'ai crû que
les beautez qui n'étoient point dans mon Auteur n'étoient
point des beautez ; et j'ai pris l'expression qui n'étoit
pas la meilleure, lorsqu'elle m'a paru mieux rendre sa
pensée.*

   *J'ay été encouragé à cette Traduction par le succès
qu'a eu celle du Tasse. Celui qui l'a faite ne trouvera
pas mauvais que je coure la même carriere que lui : il
s'y est distingué d'une maniere à ne rien craindre de
ceux même à qui il a donné le plus d'émulation.*

PREMIER
CHANT

L M

ENUS *préfere le séjour de Gnide à celui de Paphos
et d'Amathonte. Elle ne descend point de
l'Olimpe, sans venir parmi les Gnidiens. Elle a
tellement accoutumé ce peuple heureux à sa vûe, qu'il
ne sent plus cette horreur sacrée, qu'inspire la presence
des Dieux. Quelquefois elle se couvre d'un nuage, et on
la reconnoît à l'odeur divine qui sort de ses cheveux
parfumez d'ambroisie.*

*La ville est au milieu d'une contrée sur laquelle les
Dieux ont versé leurs bienfaits à pleines mains. On y*

2

jouit d'un printems éternel ; la terre, heureusement fertile, y prévient tous les souhaits ; les troupeaux y paissent sans nombre ; les vents semblent n'y regner, que pour répandre par tout l'esprit des fleurs ; les oiseaux y chantent sans cesse : vous diriez que les bois sont harmonieux ; les ruisseaux murmurent dans les plaines ; une chaleur douce fait tout éclore ; l'air ne s'y respire qu'avec la volupté.

Auprès de la Ville est le Palais de Venus : Vulcain lui-même en a bâti les fondements. Il travailla pour son infidelle, quand il voulut lui faire oublier le cruel affront qu'il lui fit devant les Dieux.

Il me seroit impossible de donner une idée des charmes de ce Palais : il n'y a que les Graces qui puissent décrire les choses qu'elles ont faites. L'Or, l'Azur, les Rubis, les Diamans, y brillent de toutes parts : mais j'en peints les richesses, et non pas les beautez.

Les jardins en sont enchantez : Flore et Pomone en ont pris soin ; leurs Nimphes les cultivent. Les fruits y renaissent sous la main qui les cuëille ; les fleurs succedent aux fruits. Quand Venus s'y promene, entourée de ses Gnidiennes, vous diriez que dans leurs jeux folâtres elles vont détruire ces jardins delicieux ; mais, par une vertu secrete, tout se répare en un instant.

Venus aime à voir les danses naïves des filles de Gnide ; ses Nimphes se confondent avec elles. La Déesse prend part à leurs jeux, elle se dépoüille de sa Majesté ; assise au milieu d'elles ; elle voit regner dans leurs cœurs la joye et l'innocence.

On découvre de loin une grande prairie, toute parée de l'émail des fleurs ; le Berger vient les cuëillir avec sa Bergere : mais celle qu'elle a trouvée est toujours la plus belle, et il croit que Flore l'a faite exprès.

Le fleuve Céphée arrose cette prairie et y fait mille détours. Il arrête les Bergeres fugitives : il faut qu'elles donnent le tendre baiser qu'elles avoient promis.

Lorsque les Nimphes approchent de ses bords, il s'arrête, et ses flots qui fuyoient, trouvent des flots qui ne fuyent plus. Mais lorsqu'une d'elles se baigne, il est plus amoureux encore : ses eaux tournent autour d'elle ; quelquefois il se soûleve, pour l'embrasser mieux ; il l'enleve, il fuit, il l'entraîne. Ses compagnes timides commencent à pleurer : mais il la soûtient sur ses flots, et, charmé d'un fardeau si cher, il la promene sur sa plaine liquide, jusqu'à ce qu'enfin, désesperé de la quitter, il la porte lentement sur le rivage, et console ses compagnes.

A côté de la prairie est un bois de Mirthe, dont les routes font mille détours. Les amans y viennent se conter leurs peines : l'Amour, qui les amuse, les conduit par des routes toujours plus secrettes.

Non loin de-là est un bois antique et sacré, où le jour

n'entre qu'à peine : des chênes, qui semblent immortels, portent au ciel une tête qui se dérobe aux yeux. On y sent une frayeur religieuse : vous diriez que c'étoit la demeure des Dieux, lorsque les hommes n'étoient pas encore sortis de la terre.

Quand on a trouvé la lumiere du jour, on monte une petite colline, sur laquelle est le Temple de Venus : l'univers n'a rien de plus saint ni de plus sacré que ce lieu.

Ce fut dans ce Temple que Venus vit pour la premiere fois Adonis : le poison coula au cœur de la Déesse. « Quoi ! dit-elle, j'aimerois un mortel ! Helas ! je sens que je l'adore : quoiqu'il ne m'adresse plus de vœux, il n'y a plus à Gnide d'autre Dieu qu'Adonis. »

Ce fut dans ce lieu qu'elle appella les Amours, lorsque, piquée d'un deffi téméraire, elle les consulta avec les Graces. Elle étoit en doute, si elle s'exposeroit nüe aux regards du Berger troyen. Elle cacha sa ceinture sous ses cheveux; ses Nimphes la parfumerent; elle monta sur son char traîné par des cignes, arriva dans la Phrygie. Le berger balançoit entre Junon et Pallas ; il la vit, et ses regards errerent et moururent : la pomme d'or tomba aux pieds de la Déesse ; il voulut parler, et son désordre decida.

Ce fut dans ce Temple que la jeune Psichée vint avec sa mere, lorsque l'Amour, qui voloit autour des lambris dorez, fut surpris lui même par un de ses regards. Il

sentit tous les maux qu'il fait souffrir. « *C'est ainsi,
dit-il, que je blesse ! Je ne puis soutenir mon arc ni mes
fleches.* » *Il tomba sur le sein de Psiché :* « *Ah ! dit-
il, je commence à sentir que je suis le Dieu des plaisirs.* »

*Lorsqu'on entre dans ce Temple, on sent dans le cœur
un charme secret qu'il est impossible d'exprimer : l'ame
est saisie de ces ravissemens, que les Dieux ne sentent
eux mêmes, que lorsqu'ils sont dans la demeure celeste.*

*Tout ce que la nature a de riant est joint à tout ce
que l'art a pû imaginer de plus noble, et de plus digne
des Dieux.*

*Une main, sans doute immortelle, l'a par tout orné
de peintures, qui semblent respirer. On y voit la nais-
sance de Venus, le ravissement des Dieux, qui la virent :
son embaras de se voir toute nüe, et cette pudeur qui
est la premiere des graces.*

*On y voit les amours de Mars et de la Déesse. Le
Peintre a representé le Dieu, sur son char, fier et même
terrible : la Renommée vole autour de lui ; la Peur et
la Mort marchent devant ses Coursiers couverts
d'écume ; il entre dans la mêlée, et une poussiere
épaisse commence à le dérober. D'un autre coté, on le
voit couché languissamment sur un lit de roses : il
sourit à Venus ; vous ne le reconnoissez qu'à quelques
traits divins, qui restent encore. Les Plaisirs font des
guirlandes dont ils lient les deux amans : leurs yeux*

3

semblent se confondre ; ils soupirent ; et attentifs l'un à
l'autre, ils ne regardent pas les Amours, qui se jouent
autour d'eux.

Il y a un apartement separé, où le Peintre a repre-
senté les Noces de Venus et de Vulcain : toute la Cour
celeste y est assemblée. Le Dieu paroît moins sombre,
mais aussi pensif qu'à l'ordinaire. La Déesse regarde
d'un air froid la joye commune : elle lui donne négli-
gemment une main qui semble se dérober ; elle retire de
dessus lui des regards, qui portent à peine, et se tourne
du côté des Graces.

Dans un autre Tableau, on voit Junon, qui fait la
cérémonie du Mariage. Venus prend la coupe, pour
jurer à Vulcain une fidelité éternelle : les Dieux sou-
rient, et Vulcain l'écoute avec plaisir.

De l'autre côté, on voit le Dieu impatient, qui entraine
sa divine Épouse : elle fait tant de resistance, que l'on
croiroit que c'est la fille de Cerés que Pluton va ravir,
si l'œil qui voit Venus pouvoit jamais se tromper.

Plus loin delà, on le voit qui l'enleve, pour l'emporter
sur le lit nuptial. Les Dieux suivent en foule. La
Déesse se débat, et veut échapper des bras qui la tien-
nent : sa robe fuit ses genoux, la toile vole ; mais
Vulcain repare ce beau désordre, plus attentif à la
cacher, qu'ardent à la ravir.

Enfin on le voit qui vient de la poser sur le lit, que

l'Hymen a preparé ; il l'enferme dans les rideaux, et il croit l'y tenir pour jamais. La troupe importune se retire : il est charmé de la voir s'éloigner. Les Déesses joüent entr'elles ; mais les Dieux paroissent tristes, et la tristesse de Mars a quelque chose d'aussi sombre, que la noire jalousie.

Charmée de la magnificence de son Temple, la Déesse elle-même y a voulu établir son culte : elle en a reglé les cérémonies, institué les Fêtes, et elle y est en même tems la Divinité et la Prêtresse.

Le culte qu'on lui rend presque par toute la terre est plutost une profanation, qu'une Religion. Elle a des Temples, où toutes les filles de la ville se prostituent en son honneur, et se font une dot des profits de leur dévotion. Il y en a d'autres, où chaque femme mariée va une fois en sa vie se donner à celui qui la choisit, et jette dans le sanctuaire l'argent qu'elle a recû. Il y en a d'autres, où les Courtisannes de tous les pays, plus honnorées que les Matrones, vont porter leurs offrandes. Il y en a enfin, où les hommes se font eunuques, et s'habillent en femme, pour servir dans le Sanctuaire, consacrant à la Déesse et le sexe qu'ils n'ont plus et celui qu'ils ne peuvent pas avoir.

Mais elle a voulu que le Peuple de Gnide eût un culte plus pur, et lui rendît des honneurs plus dignes d'elle. Là les sacrifices sont des soupirs, et les offrandes un

*cœur tendre. Chaque Amant adresse ses vœux à sa Maî-
tresse, et Venus les reçoit pour elle.*

*Par tout où se trouve la beauté, on l'adore comme
Venus même : car la beauté est aussi divine qu'elle.*

*Les cœurs amoureux, viennent, dans le Temple,
demander à la Déesse de les attendre encore.*

*Ceux qui sont accablez des rigueurs d'une Cruelle, y
viennent soupirer dans le Temple: ils sentent diminüer
leurs tourmens, et entrer dans leur cœur la flateuse
esperance.*

*La Déesse, qui a promis de faire le bonheur des vrais
Amans, le mesure toujours à leurs peines.*

*La jalousie est une passion qu'on peut avoir, mais
qu'on doit taire. On adore en secret les caprices
de sa Maîtresse, comme on adore les decrets des
Dieux, qui deviennent plus justes, lorsqu'on ose s'en
plaindre.*

*On met au rang des faveurs divines le feu, les trans-
ports de l'amour et la fureur même : car moins on est
maître de son cœur, plus il est à la Déesse.*

*Ceux qui n'ont point donné leur cœur sont des pro-
fanes, qui ne peuvent pas entrer dans le Temple : ils
adressent de loin leurs vœux à la Déesse, et lui demandent de les délivrer de cette liberté, qui n'est qu'une
impuissance de former des desirs.*

La Déesse inspire aux filles de la modestie, et les

fait estimer au prix que l'imagination toujours pro-
digue y sçait mettre.

Mais jamais, dans ces lieux fortunez, elles n'ont
rougi d'une passion sincere, d'un sentiment naïf, d'un
aveu tendre.

Le cœur fixe toujours lui-même le moment, auquel il
doit se rendre ; mais c'est une profanation de se rendre
sans aimer.

L'Amour est attentif à la félicité des Gnidiens : il
choisit les traits dont il les blesse. Lorsqu'il voit une
Amante affligée, accablée des rigueurs d'un Amant, il
prend une fleche trempée dans les eaux du Fleuve
d'Oubli. Quand il voit deux Amants qui commencent à
s'aimer, il tire sans cesse sur eux de nouveaux traits.
Quand il en voit dont l'amour s'affoiblit, il le fait
soudain renaître, ou mourir ; car il épargne toujours
les derniers jours d'une passion languissante : on ne
passe, point par les dégoûts, avant de cesser d'aimer ;
mais de plus grandes douceurs font oublier les moindres.

L'Amour a ôté de son carquois les traits cruels, dont
il blessa Phedre et Ariane, qui, mêlez d'amour et de
haine, servent à montrer sa puissance, comme la foudre
sert à faire connoître l'Empire de Jupiter.

A mesure que le Dieu donne de l'amour, Venus donne
des grâces.

4

Les filles entrent chaque jour dans le Sanctuaire, pour faire leur priere à Venus. Elles y expriment des sentimens·naïfs, comme le cœur qui les fait naître.

« *Reine d'Amathonte, disoit une d'elles, ma flâme pour Tircis est éteinte : je ne te demande pas de me rendre mon amour ; fais seulement qu'Ixiphile m'aime.* »

Une autre disoit tout bas : « *Puissante Déesse, donne-moi la force de cacher quelque tems mon amour à mon Berger, pour augmenter le prix de l'aveu que je veux lui en faire.* »

« *Déesse de Cythere, disoit une autre, je cherche la solitude ; les jeux de mes compagnes ne me plaisent plus : j'aime peut-être. Ah ! si j'aime quelqu'un, ce ne peut être que Daphnis.* »

Dans les jours de fêtes, les filles et les jeunes garçons viennent reciter des hymnes en l'honneur de Venus : souvent ils chantent sa gloire, en chantant leurs amours.

Un jeune Gnidien, qui tenoit par la main sa Maîtresse, chantoit ainsi : « *Amour, lorsque tu vis Psiché, tu te blessas sans doute des mêmes traits, dont tu viens de blesser mon cœur : ton bonheur n'étoit pas different du mien, car tu sentois mes feux, et moi j'ai senti tes plaisirs.*

« *J'ai vû tout ce que je décris. J'ai été à Gnide ; j'y ai vû Themire, et je l'ai aimée ; je l'ai vûe encore, et je l'ai aimée davantage. Je resterai toute ma vie à Gnide avec elle; mais que deviendrois-je si Vénus alloit la prendre pour la mettre au nombre des Grâces!*

« *Nous irons dans le Temple, et jamais il n'y sera entré un Amant si fidele : nous irons dans le Palais de Venus, et je croirai que c'est le Palais de Themire ; j'irai dans la prairie, et je cueillerai des fleurs, que je mettrai sur son sein. Peut-être que je pourrai la conduire dans le Boccage, où tant de routes vont se confondre, et, quand je l'aurai égarée, je lui donnerai un baiser, et ce baiser me rendra si hardi... L'Amour qui m'inspire me défend de reveler ses mysteres.* »

DEUXIÈME
CHANT

I L y a à Gnide un Antre sacré, que les Nymphes habitent, où la Déesse rend ses oracles. La terre ne mugit point sous les pieds ; les cheveux ne se dressent point sur la tête ; il n'y a point de Prêtresse comme à Delphes, où Apollon agite la Pythie ; mais Venus elle-même écoute les mortels, sans se joüer de leurs esperances ni de leurs craintes.

Une Coquette de l'Isle de Crete étoit venüe à Gnide : elle marchoit entourée de tous les jeunes Gnidiens ; elle souriot à l'un, parloit à l'oreille à l'autre, soutenoit

son bras sur un troisième, crioit à deux autres de la
suivre. Elle étoit belle et parée avec art ; le son de sa
voix étoit imposteur comme ses yeux. O ciel ! que
d'allarmes ne causa-t-elle point aux vrayes Amantes !
Elle se présenta à l'Oracle, aussi fiere que les Déesses ;
mais soudain nous entendimes une voix qui sortit du
Sanctuaire : « Perfide, comment oses-tu porter tes arti-
fices jusques dans les lieux où je regne avec la candeur ?
Je vais te punir d'une maniere cruelle : je t'ôterai tes
charmes, mais je te laisserai le cœur comme il est ; tu
appelleras tous les hommes que tu verras, ils te fuyront
comme une ombre plaintive, et tu mourras accablée de
refus et de mépris. »

Une Courtisane de Nocretis vint ensuite, toute brillante des dépoüilles de ses amans : « Va, dit la Déesse,
tu te trompes, si tu crois faire la gloire de mon Empire :
ta beauté fait voir qu'il y a des plaisirs, mais elle ne
les donne pas ; ton cœur est comme le fer ; et, quand tu
verrois mon fils même, tu ne sçaurois l'aimer. Va pro-
diguer tes faveurs aux hommes lâches, qui les demandent et qui s'en dégoutent ; va leur montrer des charmes,
que l'on voit soudain et que l'on pert pour toujours. Tu
n'es propre qu'à faire mepriser ma puissance. »

Quelque tems après, vint un homme riche, qui levoit
les tributs du Roy de Lydie. « Tu me demandes, dit la
Déesse, une chose que je ne sçaurois faire, quoique je

Car. Eisen del.   N. le Mire Sculp

sois la Déesse de l'amour. On achete des beautez, pour
les aimer, mais tu ne les aimes pas, parce que tu les
achettes. Tes tresors ne seront point inutiles ; ils servi-
ront à te dégouter de tout ce qu'il y a de plus charmant
dans la nature. »

Un jeune homme de Doride, nommé Aristée, se pre-
senta ensuite : il avoit vû à Gnide la charmante Camille,
il en étoit éperduement amoureux ; il sentoit tout l'excès
de son amour, et il venoit demander à Venus qu'il pût
l'aimer davantage.

« Je connois ton cœur, lui dit la Déesse ; tu sçais
aimer. J'ay trouvé Camille digne de toi : j'aurois pû
la donner au plus grand Roy du monde ; mais les Rois
la meritent moins que les Bergers. »

Je parus ensuite avec Themire. La Déesse me dit :
« Il n'y a point dans mon Empire de mortel qui me soit
plus soumis que toy ; mais que veux-tu que je fasse? Je
ne sçaurois te rendre plus amoureux, ni Themire plus
charmante. — Ah ! lui dis-je, grande Déesse, j'ai mille
graces à vous demander : faites que Themire ne pense
qu'à moy ; qu'elle ne voye que moi ; qu'elle se reveille
en songeant à moi ; qu'elle craigne de me perdre, quand
je suis present ; qu'elle m'espere dans mon absence ; que,
toujours charmée de me voir, elle regrette encore tous
les momens qu'elle a passez sans moi. »

TROISIÈME
CHANT

I L y a à Gnide des jeux sacrez, qui se renou-
vellent tous les ans : les femmes y viennent
de toutes parts disputer le prix de la beauté.
Là, les Bergères sont confondües avec les filles des
Rois ; car la beauté seule y porte les marques de
l'Empire. Venus y préside elle-même ; elle decide sans
balancer ; elle sçait bien quelle est la Mortelle heureuse, qu'elle a le plus favorisée.

Helene remporta ce prix plusieurs fois : elle triompha lorsque Thésée l'eut ravie ; elle triompha lors-

qu'elle eut été enlevée par le fils de Priam ; elle triom-
pha enfin lorsque les Dieux l'eurent renduë à Ménelas
après dix ans d'esperance : ainsi ce Prince, au juge-
ment de Venus même, se vit aussi heureux époux, que
Thésée et Paris avoient été heureux Amans.

Il vint trente filles de Corinthe, dont les cheveux
tomboient à grosses boucles sur les épaules. Il en vint
dix de Salamine, qui n'avoient encore vû que treize fois
le cours du Soleil. Il en vint quinze de l'Isle de Lesbos ;
et elles se disoient l'une à l'autre : « Je me sens toute
émue; il n'y a rien de si charmant que vous : si Venus
vous voit des mêmes yeux que moi, elle vous couronnera
au milieu de toutes les Beautez de l'Univers. »

Il vint cinquante femmes de Milet : rien n'approchoit
de la blancheur de leur teint, et de la régularité de
leurs traits ; tout faisoit voir ou promettoit un beau
corps ; et les Dieux, qui les formerent, n'auroient rien
fait de plus digne d'eux, s'ils n'avoient plus cherché à
leur donner des perfections, que des graces.

Il vint cent femmes de l'Isle de Chypre. « Nous avons,
disoient-elles, passé notre jeunesse dans le Temple de
Venus; nous lui avons consacré notre virginité et notre
pudeur même ; nous ne rougissons point de nos char-
mes : nos manieres, quelquefois hardies, et toujours
libres, doivent nous donner de l'avantage sur une
pudeur qui s'allarme sans cesse. »

Je vis les filles de la superbe Lacédemone : leur robe étoit ouverte par les côtez depuis la ceinture, de la maniere la plus immodeste ; et cependant elles faisoient les prudes, et soutenoient qu'elles ne violoient la pudeur, que par amour pour la Patrie.

Mer fameuse par tant de naufrages, vous sçavez conserver des dépôts précieux ! Vous vous calmates, lorsque le navire Argo porta la Toison d'or sur votre plaine liquide ; et, lorsque cinquante Beautez sont parties de Colchos, et se sont confiées à vous, vous vous êtes courbée sous elles !

Je vis aussi Oriane semblable aux Déesses : toutes les Beautez de Lydie entouroient leur Reine. Elle avoit envoyé devant elle cent jeunes filles, qui avoient présenté à Venus une offrande de deux cens talens. Candaule étoit venu lui-même, plus distingué par son amour que par la pourpre Royale : il passoit les jours et les nuits à dévorer de ses regards les charmes d'Oriane ; ses yeux erroient sur son beau corps, et ses yeux ne se lassoient jamais. « Helas ! disoit-il, je suis heureux ; mais c'est une chose qui n'est sçuë que de Venus et de moi ; mon bonheur seroit plus grand, s'il donnoit de l'envie ! Belle Reine, quittez ces vains ornemens ; faites tomber cette toile importune ; montrez-vous à l'Univers ; laissez le prix de la beauté, et demandez des Autels. »

Auprès de-là étoient vingt Babyloniennes : elles avoient des robes de pourpre brodées d'or ; elles croyoient que leur luxe augmentoit leur prix. Il y en avoit qui portoient, pour preuve de leur beauté, les richesses qu'elle leur avoit fait acquerir.

Plus loin je vis cent femmes d'Egypte, qui avoient les yeux et les cheveux noirs : leurs maris étoient auprès d'elles, et ils disoient : « Les Loix nous soumettent à vous en l'honneur d'Isis; mais votre beauté a sur nous un empire plus fort, que celui des Loix ; nous vous obëissons avec le même plaisir, que l'on obëit aux Dieux; nous sommes les plus heureux esclaves de l'Univers. Le devoir vous répond de notre fidelité; mais il n'y a que l'amour qui puisse nous promettre la vôtre.

« Soyez moins sensibles à la gloire que vous acquerrez à Gnide, qu'aux hommages que vous pouvez trouver dans votre maison, auprès d'un mari tranquille, qui, pendant que vous vous occupez des affaires du dehors, doit attendre dans le sein de votre famille le cœur que vous lui rapportez. »

Il vint des femmes de cette ville puissante, qui envoie ses vaisseaux au bout de l'Univers : les ornemens fatiguoient leur tête superbe ; toutes les parties du monde sembloient avoir contribué à leur parure.

Dix Beautez vinrent des lieux où commence le jour : elles étoient filles de l'Aurore, et pour la voir elles se

levoient tous les jours avant elle. Elles se plaignoient
du Soleil, qui faisoit disparoître leur mere ; elles se
plaignoient de leur mere, qui ne se montroit à elles que
comme au reste des Mortels.

Je vis sous une tente une Reine d'un Peuple des
Indes : elle étoit entourée de ses filles, qui déjà faisoient
esperer les charmes de leur mere : des Eunuques la ser-
voient, et leurs yeux tomboient par terre : car depuis
qu'ils avoient respiré l'air de Gnide, ils avoient senti
redoubler leur affreuse mélancolie.

Les femmes de Cadis, qui sont aux extrémitez de
la terre, disputerent aussi le prix. Il n'y a point de
pays dans l'Univers, où une belle ne reçoive des hom-
mages : mais il n'y a que les plus grands hommages,
qui puissent appaiser l'ambition d'une belle.

Les filles de Gnide parurent ensuite : belles sans
ornement, elles avoient des graces, au lieu de perles et
de rubis. On ne voyoit sur leur tête que les présens de
Flore ; mais ils y étoient plus dignes des embrassemens
de Zephire. Leur robe n'avoit d'autre mérite, que celui
de marquer une taille charmante, et d'avoir été filée de
leurs propres mains.

Parmi toutes ces beautez, on ne vit point la jeune
Camille : elle avoit dit : « Je ne veux point disputer le
prix de la beauté, il me suffit que mon cher Aris-
thée me trouve belle. »

7

Diane rendoit ces jeux célebres par sa presence. Elle n'y venoit point disputer le prix : car les Déesses ne se comparent point aux mortelles. Je la vis seule, elle étoit belle comme Venus : je la vis auprès de Venus, elle n'étoit plus que Diane.

Il n'y eut jamais un si grand Spectacle : les peuples étoient separez des peuples ; les yeux erroient de pays en pays, depuis le Couchant jusqu'à l'Aurore : il sembloit que Gnide fût tout l'Univers.

Les Dieux ont partagé la beauté entre les Nations, comme la Nature l'a partagée entre les Déesses. Là on voyoit la beauté fiere de Pallas ; ici la grandeur et la majesté de Junon ; plus loin la simplicité de Diane, la délicatesse de Thetis, le charme des Graces, et quelque-fois le sourire de Venus.

Il sembloit que chaque peuple eût une maniere particuliere d'exprimer sa prudence et que toutes ces fem-mes voulussent se joüer des yeux ; car les unes décou-vroient la gorge et cachoient leurs épaules ; les autres montroient les épaules et couvroient la gorge ; celles qui vous déroboient le pied, vous payoient par d'autres charmes ; et là on rougissoit de ce qu'ici on appelloit bienseance.

Les Dieux sont si charmez de Themire, qu'ils ne la regardent jamais sans sourire de leur ouvrage. De toutes les Déesses il n'y a que Venus qui la voye avec

C. Eisen del.   N. le Mire Sculp.

plaisir, et que les Dieux ne raillent point d'un peu de jalousie.

Comme on remarque une rose au milieu des fleurs, qui naissent dans l'herbe, on distingua Themire de tant de belles : elles n'eurent pas le tems d'être ses Rivales ; elles furent vaincües avant de la craindre. Dès qu'elle parut, Venus ne regarda qu'elle. Elle appella les Graces : « Alle⸗ la couronner, leur dit-elle ; de toutes les beaute⸗ que je vois, c'est la seule qui vous ressemble. »

QUATRIÈME
CHANT

ENDANT que *Themire étoit occupée avec ses*
Compagnes au culte de la Déesse, j'entrai
dans un bois solitaire; j'y trouvai le tendre Aris-
thée : nous nous étions vûs le jour que nous allâmes con-
sulter l'Oracle, c'en fut assez pour nous engager à
nous entretenir; car Venus met dans le cœur, en la pre-
sence d'un habitant de Gnide, le charme secret que
trouvent deux amis, lorsqu'après une longue absence
ils sentent dans leurs bras le doux objet de leurs inquie-
tudes.

8

Ravis l'un de l'autre, nous sentîmes que notre cœur
se donnoit : il sembloit que la tendre Amitié étoit des-
cendüe du Ciel, pour se replacer au milieu de nous.
Nous nous racontâmes mille choses de notre vie : voici
à peu près ce que je lui dis :

« *Je suis né à Sybaris, où mon pere Antiloque étoit*
Prêtre de Venus. On ne met point dans cette ville de
difference entre les voluptez et les besoins ; on bannit
tous les Arts qui pourroient troubler un sommeil tran-
quille ; on donne des prix, au dépens du Public, à
ceux qui peuvent découvrir des voluptez nouvelles ; les
Citoyens ne se souviennent que des bouffons qui les ont
divertis, et ont perdu la mémoire des Magistrats qui
les ont gouvernez.

« *On y abuse de la fertilité du terroir, qui y pro-*
duit une abondance éternelle, et les faveurs des Dieux
sur Sybaris ne servent qu'à encourager le luxe et à
flater la molesse.

« *Les hommes sont si effeminez, leur parure est si*
semblable à celle des femmes, ils composent si bien leur
teint, ils se frisent avec tant d'art, ils employent tant
de tems à se corriger à leur miroir, qu'il semble qu'il
n'y ait qu'un sexe dans toute la Ville.

« *Les femmes se livrent, au lieu de se rendre ; cha-*
que jour voit finir les desirs et les esperances de cha-
que jour ; on ne sçait ce que c'est que d'aimer et d'être

aimé, on n'est occupé que de ce qu'on appelle si faussement joüir.

« Les faveurs n'y ont que leur réalité propre, et toutes ces circonstances qui les accompagnent si bien, tous ces riens qui sont d'un si grand prix, ces engagemens qui paroissent toujours plus grands, ces petites choses qui valent tant, tout ce qui prépare un heureux moment, tant de conquêtes au lieu d'une, tant de joüissances avant la derniere, tout cela est inconnu à Sybaris.

« Encore si elles avoient la moindre modestie, cette foible image de la vertu pourroit plaire ; mais non, les yeux sont accoutumez à tout voir, et les oreilles à tout entendre.

« Bien loin que la multiplicité des plaisirs donne aux Sybarites plus de délicatesse, ils ne peuvent plus distinguer un sentiment d'avec un sentiment.

« Ils passent leur vie dans une joye purement exterieure ; ils quittent un plaisir qui leur déplaît pour un plaisir qui leur déplaira encore : tout ce qu'ils imaginent est un nouveau sujet de dégoût.

« Leur ame, incapable de sentir les plaisirs, semble n'avoir de délicatesse que pour les peines : un Citoyen fut fatigué toute une nuit d'une rose qui s'étoit repliée dans son lit.

« La molesse a tellement affoibli leurs corps, qu'ils

ne sçauroient remuer les moindres fardeaux ; ils peuvent à peine se soutenir sur leurs pieds ; les voitures les plus douces les font évanoüir ; lorsqu'ils sont dans les festins, l'estomac leur manque à tous les instants.

« Ils passent leur vie sur des sieges renversez, sur lesquels ils sont obligez de se reposer tout le jour, sans s'être fatiguez ; ils sont brisez quand ils vont languir ailleurs.

« Incapables de porter le poids des armes, timides devant leurs Concitoyens, lâches devant les Etrangers, ils sont des Esclaves tous prêts pour le premier maître.

« Dès que je sçus penser, j'eus du dégoût pour la malheureuse Sybaris. J'aime la vertu, et j'ai toujours craint les Dieux immortels. « Non, disois-je, je ne « respirerai pas plus long tems cet air empoisonné ; « tous ces esclaves de la molesse sont faits pour vivre « dans leur patrie, et moi pour la quitter. »

« J'allai pour la derniere fois au Temple, et, m'approchant des Autels où mon Pere avoit tant de fois sacrifié : « Grande Déesse, dis-je à haute voix, j'abandonne ton Temple et non pas ton culte ; en quelque « lieu de la Terre que je sois, je ferai fumer pour toi de « l'encens, mais il sera plus pur que celui qu'on t'offre « à Sybaris. »

« *Je partis, et j'arrivai en Crete. Cette isle est toute pleine des monumens de la fureur de l'amour. On y voit le Taureau d'airain, ouvrage de Dédale pour tromper ou pour satisfaire les égaremens de Pasiphaé; le Labyrinthe, dont l'amour seul sçut éluder l'artifice ; le tombeau de Phedre, qui étonna le Soleil comme avoit fait sa mere ; et le Temple d'Ariane, qui, désolée dans les deserts, abandonnée par un ingrat, ne se repentoit pas encore de l'avoir suivi.*

« *On y voit le Palais d'Idomenée, dont le retour ne fut pas plus heureux que celui des autres Capitaines Grecs : car ceux qui échaperent aux dangers d'un élement colere, trouverent leur maison plus funeste encore. Venus irritée leur fit embrasser des épouses perfides, et ils moururent de la main qu'ils croyoient la plus chere.*

« *Je quittai cette Isle, si odieuse à une Déesse qui devoit faire quelque jour la félicité de ma vie.*

« *Je me rembarquai, et la tempête me jetta à Lesbos. C'est encore une Isle peu cherie de Venus : elle a ôté la pudeur du visage des femmes, la foiblesse de leur corps, et la timidité de leur ame. Grande Venus, laisse brûler les femmes de Lesbos d'un feu legitime ; épargne à la nature humaine tant d'horreur ! Mitylene est la capitale de Lesbos ; c'est la patrie de la tendre Sapho. Immortelle comme les Muses, cette fille infor-*

9

tunée brûle d'un feu qu'elle ne peut éteindre. Odieuse à elle-même, trouvant ses ennuis dans ses charmes, elle hait son sexe et le cherche toujours. « Comment, dit-« elle, une flamme si vaine peut-elle être si cruelle ! « Amour, tu es cent fois plus redoutable quand tu te « jouës, que quand tu t'irrites ! »

« Enfin je quittai Lesbos, et le sort me fit trouver une Isle plus prophane encore ; c'étoit celle de Lemnos. Venus n'y a point de temple ; jamais les Lemniens ne lui adresserent de vœux. « Nous rejettons, disent-ils, « un culte qui amolit les cœurs. » La Déesse les en a souvent punis ; mais, sans expier leur crime, ils en portent la peine, toujours plus impies à mesure qu'ils sont plus affligez.

« Je me remis en mer, cherchant toujours quelque terre cherie des Dieux ; les vents me porterent à Delos. Je restai quelques mois dans cette Isle sacrée ; mais, soit que les Dieux nous préviennent quelquefois sur ce qui nous arrive, soit que notre ame retienne de la divinité, dont elle est émanée, quelque foible connoissance de l'avenir, je sentis que mon destin, que mon bonheur même, m'appelloient sous un autre climat.

« Une nuit que j'étois dans cet état tranquille, où l'ame, plus à elle-même, semble être délivrée de la chaîne qui la tient assujettie, il m'apparut, je ne sçus pas d'abord si c'étoit une Mortelle ou une Déesse. Un

charme secret étoit répandu sur toute sa personne : elle
n'étoit point belle comme Venus, mais elle étoit ravissante comme elle ; tous ses traits n'étoient point réguliers, mais ils enchantoient tous ensemble ; vous n'y
trouviez point ce qu'on admire, mais ce qui pique ; ses
cheveux tomboient négligemment sur ses épaules, mais
cette négligence étoit heureuse ; sa taille étoit charmante, elle avoit cet air que la Nature donne seule, et
dont elle cache le secret aux Peintres mêmes. Elle vit
mon étonnement, elle en sourit. Dieux, quel souris ! « Je
« suis, me dit-elle d'une voix qui pénétroit le cœur, la
« seconde des Graces. Venus, qui m'envoye, veut te
« rendre heureux ; mais il faut que tu ailles l'adorer
« dans son temple de Gnide. » Elle fuit, mes bras la
suivirent, mon songe s'envola avec elle, et il ne me resta
qu'un doux regret de ne la plus voir, mêlé du plaisir
de l'avoir vûe.

    « Je quittai donc l'Isle de Delos ; j'arrivai à Gnide,
et je puis dire que d'abord je respirai l'amour. Je sentis, je ne puis pas bien exprimer ce que je sentis : je
n'aimois pas encore, mais je cherchois à aimer ; mon
cœur s'échauffoit comme dans la présence de quelque
Beauté divine. J'avançai, et je vis de loin des jeunes
filles qui joüoient dans la prairie ; je fus d'abord
entraîné vers elles. « Insensé que je suis, disois-je, j'ai,
« sans aimer, tous les égaremens de l'amour ; mon

« cœur vole déja vers des objets inconnus, et ces objets
« lui donnent de l'inquiétude. » J'approchai, je vis la
charmante Themire : sans doute que nous étions faits
l'un pour l'autre ; je ne regardai qu'elle, et je crois que
je serois mort de douleur, si elle n'avoit tourné sur
moi quelques regards. « Grande Venus, m'écriai-je,
« puisque vous devez me rendre heureux, faites que ce
« soit avec cette Bergere : je renonce à toutes les
« autres Beautez ; elle seule peut remplir vos promesses
« et tous les vœux que je ferai jamais. »

CINQUIÈME
CHANT

LM

E contai au jeune Aristhée mes tendres amours ;
ils lui firent soupirer les siens : je soulageai
son cœur, en le priant de me les raconter. Voici ce
qu'il me dit : je n'oublierai rien, car je suis inspiré par
le même Dieu qui le faisoit parler :

« Dans tout ce recit, me dit-il, vous ne trouverez
rien que de très-simple : mes avantures ne sont que les
sentimens d'un cœur tendre, que mes plaisirs, que mes
peines ; et, comme mon amour pour Camille fait le
bonheur, il fait aussi toute l'histoire de ma vie.

10

« *Camille est fille d'un des principaux habitans de* *Gnide ; elle est belle, mais elle a des graces plus belles* *que la beauté même ; elle a une physionomie qui va se* *peindre dans tous les cœurs : les femmes qui font des* *souhaits, demandent aux Dieux les graces de Camille ;* *les hommes qui la voyent, veulent la voir toujours, ou* *craignent de la voir encore.*

« *Elle a une taille charmante, un air noble, mais* *modeste; des yeux vifs et tous prêts à être tendres, des* *traits faits exprès l'un pour l'autre, des charmes invi-* *siblement assortis pour la tyrannie des cœurs.*

« *Camille ne cherche point à se parer, mais elle est* *mieux parée que les autres femmes.*

« *Elle a un esprit que la nature refuse presque tou-* *jours aux belles. Elle se prête également au serieux et* *à l'enjoüement : si vous voulez, elle pensera sensément ;* *si vous voulez, elle badinera comme les Graces.*

« *Plus on a d'esprit, plus on en trouve à Camille.* *Elle a quelque chose de si naïf, qu'il semble qu'elle ne* *parle que le langage du cœur. Tout ce qu'elle dit, tout* *ce qu'elle fait a les charmes de la simplicité : vous trou-* *vez toujours une Bergere naïve. Des graces si legeres,* *si fines, si delicates, se font remarquer, mais se font* *encore mieux sentir.*

« *Avec tout cela, Camille m'aime : elle est ravie* *quand elle me voit, elle est fachée quand je la quitte ;*

et, comme si je pouvois vivre sans elle, elle me fait promettre de revenir. Je lui dis toujours que je l'aime,
elle me croit ; je lui dis que je l'adore, elle le sçait ;
mais elle est ravie comme si elle ne le sçavoit pas.
Quand je lui dis qu'elle fait la félicité de ma vie, elle
me dit que je fais le bonheur de la sienne. Enfin, elle
m'aime tant, qu'elle me feroit presque croire que je suis
digne de son amour.

« Il y avoit un mois que je voyois Camille, sans oser
lui dire que je l'aimois, et sans oser presque me le dire
à moi-même ; plus je la trouvois aimable, moins j'espe-
rois d'être celui qui la rendroit sensible. Camille, tes
charmes me touchoient, mais ils me disoient que je ne
te meritois pas.

« Je cherchois par tout à t'oublier ; je voulois effacer de mon cœur ton adorable image. Que je suis heureux ! je n'ai pû y réussir : cette image y est restée, et
elle y vivra toujours !

« Je dis à Camille : « J'aimois le bruit du monde,
« et je cherche la solitude ; j'avois des vûes d'ambition,
« et je ne desire plus que ta presence ; je voulois errer
« sous des climats reculez, et mon cœur n'est plus
« citoyen que des lieux où tu respires : tout ce qui n'est
« point toy s'est évanoüi de devant mes yeux. »

« Quand Camille m'a parlé de sa tendresse, elle a
encore quelque chose à me dire ; elle croit avoir oublié

ce qu'elle m'a juré mille fois. Je suis si charmé de l'entendre, que je feins quelquefois de ne la pas croire, pour qu'elle touche encore mon cœur ; bientôt regne entre nous ce doux silence, qui est le plus tendre langage des amans.

« Quand j'ai été absent de Camille, je veux lui ren-dre compte de ce que j'ai pû voir ou entendre : « De « quoi m'entretiens-tu ? me dit-elle : parle-moi de nos « amours, ou, si tu n'as rien à me dire, cruel, laisse-« moi parler. »

« Quelquefois elle me dit en m'embrassant : « Tu es « triste. — Il est vrai, lui dis-je, mais la tristesse des « amans est delicieuse ; je sens couler mes larmes, et « je ne sçai pourquoi, car tu m'aimes : je n'ai point de « sujet de me plaindre, et je me plains. Ne me retire « point de la langueur où je suis, laisse-moi soupirer « en même-tems mes peines et mes plaisirs.

« Dans les transports de l'amour, mon ame est trop « agitée ; elle est entraînée vers son bonheur, sans en « joüir : au lieu qu'à present je goute ma tristesse « même. N'essuye point mes larmes : qu'importe que je « pleure, puisque je suis heureux ! »

« Quelquefois Camille me dit : « Aime moi. — Oui, « je t'aime. — Mais comment m'aimes-tu ? — Helas ! « lui dis-je, je t'aime comme je t'aimois, car je ne puis

« comparer l'amour que j'ai pour toi, qu'à celui que
« j'ai eu pour toi-même. »

« J'entends loüer Camille par tous ceux qui la con-
noissent : je suis flaté de ces louanges, comme si elles
m'étoient personnelles, et je sens en ce moment que j'ai
de l'amour propre.

« Quand il y a quelqu'un avec nous, elle parle avec
tant d'esprit, que je suis enchanté de ses moindres paroles ; mais j'aimerois encore mieux qu'elle ne dît rien.

Quand elle fait des amitiez à quelqu'un, je voudrois
être celui à qui elle fait des amitiez, quand tout à coup
je fais reflexion que je ne serois point aimé d'elle.

« Prends garde, Camille, aux impostures des amans :
ils te diront qu'ils t'aiment, et ils diront vrai ; ils te
diront qu'ils t'aiment autant que moi, mais je jure par
les Dieux que je t'aime davantage.

« Quand je l'apperçois de loin, mon esprit s'égare :
elle approche, et mon cœur s'agite ; j'arrive auprès
d'elle, et il me semble que mon ame veut me quitter,
que cette ame est à Camille et qu'elle va l'animer.

« Quelquefois je veux lui dérober une faveur ; elle
me la refuse, et dans un instant elle m'en accorde une
autre. Ce n'est point un artifice : combatuë par sa
pudeur et son amour, elle voudroit me tout refuser,
elle voudroit pouvoir me tout accorder.

« Elle me dit : « Ne vous suffit-il pas que je vous

« aime ? Que pouvez vous desirer après mon cœur ? —
« Je desire, lui dis-je, que tu fasses pour moi une faute
« que l'amour fait faire, et que le grand amour jus-
« tifie.

  « Camille, si je cesse un jour de t'aimer, puisse la
« Parque se tromper, et prendre ce jour pour le der-
« nier de mes jours ! Puisse-t-elle effacer le reste d'une
« vie que je trouverois déplorable, quand je me souvien-
« drois des plaisirs que j'ai eus en aimant ! »

  Aristhée soupira et se tut ; et je vis bien qu'il ne cessa
de parler de Camille, que pour penser à elle.

SIXIÈME
CHANT

ENDANT que nous parlions de nos amours, nous nous égarâmes, et, après avoir erré long-tems, nous entrâmes dans une grande prairie : nous fûmes conduits, par un chemin de fleurs, au pied d'un rocher affreux ; nous vîmes un antre obscur, nous y entrâmes, croyant que c'étoit la demeure de quelque mortel. Oh Dieux ! qui auroit pensé que ce lieu eût été si funeste ! A peine y eûs-je mis le pied, que tout mon corps fremit, mes cheveux se dresserent sur la tête. Une main invisible m'entraînoit dans ce fatal sejour ; à

*mesure que mon cœur s'agitoit, il cherchoit à s'agiter
encore. « Ami, m'écriai-je, entrons plus avant, dussions-
nous voir augmenter nos peines ! » J'avance dans ce
lieu, où jamais le soleil n'entra et que les vents n'agi-
terent jamais. J'y vis la Jalousie : son aspect étoit plus
sombre que terrible ; la pâleur, la tristesse, le silence
l'entouroient, et les ennuis voloient autour d'elle. Elle
souffla sur nous; elle nous mit la main sur le cœur; elle
nous frappa sur la tête, et nous ne vîmes, nous n'ima-
ginâmes plus que des monstres. « Entrez plus avant,
nous dit-elle, malheureux mortels ; allez trouver une
Déesse plus puissante que moi. » Nous vîmes une
affreuse Divinité, à la lueur des langues enflâmées des
serpens qui sifloient sur sa tête : c'étoit la Fureur.
Elle détacha un de ses serpens, et le jetta sur moi ; je
voulus le prendre : déja, sans que je l'eusse senti, il
s'étoit glissé dans mon cœur. Je restai un moment
comme stupide, mais, dès que le poison se fut repandu
dans mes veines, je crus être au milieu des enfers :
mon ame fut embrasée, et dans sa violence tout mon
corps la contenoit à peine ; j'étois si agité qu'il me
sembloit que je tournois sous le foüet des Furies.
Enfin je m'abandonnai ; nous fîmes cent fois le tour
de cet antre épouvantable ; nous allions de la Jalousie à la Fureur, de la Fureur à la Jalousie. Nous
crions : « Themire ! » Nous crions : « Camille ! » Si*

Themire ou Camille étoient venües, nous les aurions déchirées de nos propres mains.

Enfin nous trouvâmes la lumiere du jour ; elle nous parut importune, et nous regretâmes presque l'antre affreux que nous avions quitté. Nous tombâmes de las-situde, et ce repos même nous parut insuportable ; nos yeux nous refuserent des larmes, et notre cœur ne put plus former de soupirs.

Je fus pourtant un moment tranquille : le sommeil commençoit à verser sur moi ses doux pavots. Oh Dieux ! ce sommeil même devint cruel ! J'y voyois des images plus terribles pour moi que les pâles ombres ; je me reveillois à chaque instant sur une infidelité de Themire ; je la voyois... non, je n'ose encore le dire ; et ce que j'imaginois seulement pendant la veille, je le trouvois réel dans les horreurs de cet affreux sommeil.

« Il faudra donc, dis-je en me levant, que je fuye également les tenebres et la lumiere ! Themire, la cruelle Themire m'agite comme les Furies. Qui l'eût cru, que mon bonheur seroit de l'oublier pour jamais ! »

Un accès de fureur me reprit : « Ami, m'écriai-je, leve-toi : allons exterminer les troupeaux qui paissent dans cette prairie ; poursuivons ces Bergers, dont les amours sont si paisibles. Mais non ; je vois de loin un Temple : c'est peut-être celui de l'Amour ; allons le détruire, allons briser sa statuë, et lui rendre nos

12

fureurs redoutables. » *Nous courûmes, et il sembloit*
que l'ardeur de commettre un crime nous donnât des
forces nouvelles ; nous traversâmes les bois, les prez,
les guerets ; nous ne fûmes pas arrêtez un instant : une
colline s'élevoit en vain, nous y montâmes, nous entrâ-
mes dans le Temple : il étoit consacré à Bacchus. Que
la puissance des Dieux est grande! notre fureur fut
aussi-tot calmée! Nous nous regardâmes, et nous vîmes
avec surprise le desordre où nous étions.

« Grand Dieu, m'écriai-je, je te rends moins graces
d'avoir appaisé ma fureur, que de m'avoir épargné un
grand crime. » Et m'approchant de la Pretresse :
« Nous sommes aimez du Dieu que vous servez ; il vient
de calmer les tranports dont nous étions agitez : à
peine sommes-nous entrez dans ce lieu, que nous avons
senti sa faveur présente. Nous voulons lui faire un
sacrifice, daignez l'offrir pour nous, divine Pretresse. »
J'allai chercher une victime, et je l'apportai à ses
pieds.

Pendant que la Pretresse se preparoit à donner le
coup mortel, Aristhée prononça ces paroles : « Divin
Bacchus, tu aimes à voir la joye sur le visage des
hommes ; nos plaisirs sont un culte pour toi, et tu ne
veux être adoré que par les Mortels les plus heu-
reux.

« Quelquefois tu égares doucement notre raison,

mais, quand quelque Divinité cruelle nous l'a ôtée, il n'y a que toi qui puisse nous la rendre.

« La noire Jalousie tient l'Amour sous son esclavage, mais tu lui ôtes l'empire qu'elle prend sur nos cœurs, et tu la fais rentrer dans sa demeure affreuse. »

Après que le sacrifice fut fait, tout le Peuple s'assembla autour de nous, et je racontai à la Pretresse comment nous avions été tourmentez dans la demeure de la Jalousie : et tout à coup nous entendîmes un grand bruit, et un mélange confus de voix et d'instrumens de musique. Nous sortîmes du Temple, et nous vîmes arriver une troupe de Bacchantes, qui frappoient la terre de leurs thyrses, criant à haute voix : « Evohé! » Le vieux Silene suivoit, monté sur son âne : sa tête sembloit chercher la terre, et sitôt qu'on abandonnoit son corps, il se balançoit comme par mesure. La troupe avoit le visage barboüillé de lie. Pan paroissoit ensuite avec sa flute, et les Satyres entouroient leur Roy. La joye regnoit avec le desordre ; une folie aimable mêloit ensemble les jeux, les railleries, les danses, les chansons : le vin menoit à la gayeté, la gayeté ramenoit au vin. Enfin je vis Bacchus : il étoit sur son char traîné par des tigres, tel que le Gange le vit au bout de l'Univers, portant partout la joye et la victoire.

A ses côtez étoit la belle Ariane. Princesse, vous vous plaigniez encore de l'infidelité de Thesée, lorsque

le Dieu prit votre couronne et la plaça dans le Ciel? Il
essuya vos larmes : si vous n'aviez pas cessé de pleurer,
vous auriez rendu un Dieu plus malheureux que vous,
qui n'étiez qu'une Mortelle. Il vous dit : « Aimez-moi ;
Thesée fuit, ne vous souvenez plus de son amour,
oubliez jusqu'à sa perfidie ; je vous rends immortelle,
pour vous aimer toujours. »

Je vis Bacchus descendre de son char ; je vis descen-
dre Ariane : elle entra dans le Temple. « Aimable
Dieu, s'écria-t-elle, restons dans ces lieux, et soupirons-
y nos amours ; faisons joüir ce doux climat d'une joye
éternelle. C'est auprès de ces lieux que la Reine des
cœurs a posé son empire : que le Dieu de la joye regne
auprès d'elle, et augmente le bonheur de ces Peuples
déja si fortunez.

« Pour moi, grand Dieu, je sens déja que je t'aime
davantage : qui l'eût dit, que tu pourrois quelque jour
me paroître encore plus aimable? Il n'y a que les
Immortels qui puissent aimer à l'excès, et aimer tou-
jours davantage ; il n'y a qu'eux qui obtiennent plus
qu'ils n'esperent, et qui sont plus bornez quand ils desi-
rent, que quand ils joüissent.

« Tu seras icy mes éternelles amours. Dans le Ciel
on n'est occupé que de sa gloire : ce n'est que sur la
Terre et dans les lieux champêtres que l'on sçait aimer ;
et, pendant que cette troupe se livrera à une joye insen-

sée, ma joye, mes soupirs, et mes larmes mêmes, te
rediront sans cesse mes amours. »

Le Dieu sourit à Ariane, il la mena dans le Sanctuaire. La joye s'empara de nos cœurs, nous sentîmes
une émotion divine ; saisis des égaremens de Silene et
des transports des Bacchantes, nous prîmes un Thyrse,
et nous nous mélâmes dans les danses et dans les con-
certs.

SEPTIÈME
CHANT

LM

Nous quittâmes les lieux consacrez à Bacchus ;
mais bientôt nous crûmes sentir que nos maux
n'avoient été que suspendus. Il est vrai que nous
n'avions point cette fureur qui nous avoit agitez, mais
la sombre tristesse avoit saisi notre ame, et nous étions
devorez de soupçons et d'inquietudes.

Il nous sembloit que les cruelles Déesses ne nous
avoient agitez, que pour nous faire pressentir des mal-
heurs, ausquels nous étions destinez.

Quelquefois nous regrettions le Temple de Bacchus :

bientôt nous étions entraînez vers celui de Gnide; nous voulions voir Themire et Camille, ces objets puissans de notre amour et de notre jalousie.

Mais nous n'avions aucune de ces douceurs, que l'on a coutume de sentir, lorsque, sur le point de revoir ce qu'on aime, l'ame est déja ravie, et semble goûter d'avance tout le bonheur qu'elle se promet.

« Peut-être, dit Aristhée, que je trouverai le Berger Licas avec Camille; que sçai-je, s'il ne lui parle pas dans ce moment? O Dieux! l'infidelle prend plaisir à l'entendre!

— On disoit, l'autre jour, repris-je, que Tirsis, qui a tant aimé Themire, devoit arriver à Gnide: il l'a aimée, sans doute qu'il l'aime encore; il faudra que je dispute un cœur que je croyois tout à moi.

— L'autre jour, Licas chantoit ma Camille : que j'étois insensé! J'étois ravi de l'entendre loüer.

— Je me souviens que Tirsis porta à ma Themire des fleurs nouvelles : Malheureux que je suis, elle les a mis sur son sein! « C'est un present de Tirsis, » disoit-elle. Ah! j'aurois dû les arracher et les fouler à mes pieds!

— Il n'y a pas long-tems que j'allois avec Camille faire à Venus un sacrifice de deux tourterelles : elles m'échapperent et s'envolerent dans les airs.

— J'avois écrit sur des arbres mon nom avec celui de

Themire ; j'avois écrit mes amours, je les lisois et relisois sans cesse : un matin, je les trouvai effacées.

— Camille, ne desespere point un malheureux qui t'aime : l'amour qu'on irrite peut avoir tous les effets de la haine.

— Le premier Gnidien qui regardera ma Themire, je le poursuivrai jusques dans le Temple, et je le punirai, fût-il aux pieds de Venus. »

Cependant nous arrivâmes près de l'Antre sacré, où la Déesse rend ses Oracles. Le Peuple étoit comme les flots de la mer agitée : ceux-ci venoient d'entendre, les autres alloient chercher leur réponse.

Nous entrâmes dans la foule ; je perdis l'heureux Aristhée : déja il avoit embrassé sa Camille, et moi je cherchois encore ma Themire.

Je la trouvai enfin. Je sentis ma jalousie redoubler à sa vuë, je sentis renaître mes premieres fureurs ; mais elle me regarda, et je devins tranquille. C'est ainsi que les Dieux renvoyent les Furies lorsqu'elles sortent des Enfers.

« O Dieux, me dit-elle, que tu m'as coûté de larmes ! Trois fois le soleil a parcouru sa carriere ; je craignois de t'avoir perdu pour jamais : cette parole me fait trembler. J'ai été consulter l'Oracle. Je n'ai point demandé si tu m'aimois ; helas ! je ne voulois que sça-

14

voir si tu vivois encore : Venus vient de me repondre que tu m'aimes toujours.

— Excuse, lui dis-je, un infortuné, qui t'auroit haïe, si son ame en étoit capable. Les Dieux dans les mains desquels je suis, peuvent me faire perdre la raison ; ces Dieux, Themire, ne peuvent pas m'ôter mon amour.

« La cruelle Jalousie m'a agité, comme dans le Tartare on tourmente les Ombres criminelles : j'en tire cet avantage, que je sens mieux le bonheur qu'il y a d'être aimé de toi, après l'affreuse situation où m'a mis la crainte de te perdre.

« Viens donc avec moi, viens dans ce bois solitaire : il faut qu'à force d'aimer j'expie les crimes que j'ai faits : c'est un grand crime, Themire, de te croire infidelle. »

Jamais les bois de l'Élizée, que les Dieux ont faits exprès pour la tranquillité des Ombres qu'ils cherissent ; jamais les forests de Dodone, qui parlent aux Humains de leur felicité future, ni les jardins des Hesperides, dont les arbres se courbent sous le poids de l'or qui compose leurs fruits, ne furent plus charmants que ce bocage, enchanté par la presence de Themire.

Je me souviens qu'un Satyre, qui suivoit une Nimphe qui fuyoit toute eplorée, nous vit, et s'arrêta : « Heureux Amans, s'écria-t'il, vos yeux sçavent s'entendre et se repondre ; vos soupirs sont payez par des soupirs ;

Car. Eisen del.   N. le Mire Sculp.

mais, moi, je passe ma vie sur les traces d'une Bergere farouche, malheureux pendant que je la poursuis, plus malheureux encore lors que je l'ai atteinte. »

Une jeune Nimphe, seule dans ces bois, nous apperçut et soupira. « Non, dit-elle, ce n'est que pour augmenter mes tourmens, que le cruel Amour me fait voir un Amant si tendre! »

Nous trouvâmes Apollon assis auprès d'une fontaine : il avoit suivi Diane, qu'un Daim timide avoit menée dans ces bois. Je le reconnus à ses blonds cheveux et à la troupe immortelle qui étoit autour de lui. Il accordoit sa lyre : elle attire les rochers, les arbres la suivent, les lions restent immobiles. Mais nous entrâmes plus avant dans les forêts, appellez en vain par cette divine harmonie.

Où croyez-vous que je trouvai l'Amour ? Je le trouvai sur les levres de Themire ; je le trouvai ensuite sur son sein; il s'étoit sauvé à ses pieds, je l'y trouvai encore; il se cacha sous ses genoux, je le suivis ; et je l'aurois toujours suivi si Themire toute en pleurs, Themire irritée ne m'eût arrêté. Il étoit à sa derniere retraite ; elle est si charmante qu'il ne sçauroit la quitter. C'est ainsi qu'une tendre Fauvette, que la crainte et l'amour retiennent sur ses petits, reste immobile sous la main avide qui s'approche, et ne peut consentir à les abandonner.

*Malheureux que je suis ! Themire écouta mes plain-
tes, et elle n'en fut point attendrie ; elle entendit mes
prieres, elle devint plus severe. Enfin je fus temeraire :
elle s'indigna, je tremblai ; elle me parut fachée, je
pleurai ; elle me rebuta, je tombai, et je sentis que mes
soupirs alloient être mes derniers soupirs, si Themire
n'avoit mis la main sur mon cœur et n'y eût rapellé la
vie.*

*« Non, dit-elle, je ne suis pas si cruelle que toi, car
je n'ai jamais voulu te faire mourir, et tu veux m'en-
traîner dans la nuit du tombeau.*

*« Ouvre ces yeux mourants, si tu ne veux que les
miens se ferment pour jamais. »*

*Elle m'embrassa ; je reçus ma grace, helas ! sans
esperance de devenir coupable.*

FIN DU TEMPLE DE GNIDE

*Comme la pièce suivante m'a paru être du même auteur, j'ai
cru devoir la traduire et la mettre icy.*

Cor. Eisen del.   N. le Mire sculp.

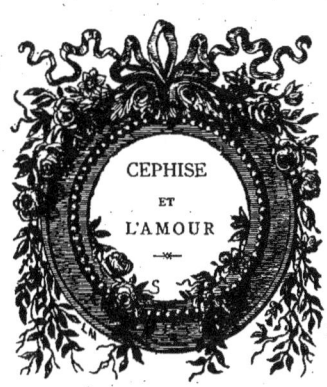

CEPHISE
ET
L'AMOUR

N jour que j'errois dans les Bois d'Idalie avec la jeune Cephise, je trouvai l'Amour qui dormoit couché sur les fleurs, et couvert par quelques branches de Mirthe qui cedoient doucement aux haleines des Zephirs. Les Jeux et les Ris, qui le suivent toujours, étoient allez folâtrer loin de lui ; il étoit seul. J'avois l'Amour en mon pouvoir ; son arc et son carquois étoient à ses côtez, et si j'avois voulu, j'aurois volé les armes de l'Amour. Cephise prit l'arc du plus grand des Dieux ; elle y mit un trait, sans que je m'en

apperçusse, et le lança contre moi. Je lui dis en sou-
riant : « Prends-en un second, fais-moi une autre
blessure, celle-ci est trop douce. » Elle voulut ajuster
un autre trait ; il lui tomba sur le pied, et elle cria
doucement : « C'étoit le trait le plus pesant qui fût
dans le carquois de l'Amour ! » Elle le reprit, le fit
voler ; il me frappa, je me baissai : « Ah ! Cephise, tu
veux donc me faire mourir ? » Elle s'aprocha de
l'Amour. « Il dort profondement, dit-elle ; il s'est
fatigué à lancer ses traits : il faut cueillir des fleurs,
pour lui lier les pieds et les mains. — Ah ! je n'y puis
consentir, car il nous a toujours favorisez. — Je vais
donc, dit-elle, prendre ses armes et lui tirer une fleche
de toute ma force. — Mais il se reveillera ? lui dis-je.
— Eh bien ! qu'il se reveille : que pourra-t'il faire que
nous blesser davantage ? — Non, non, laissons-le dor-
mir ; nous resterons auprès de lui, et nous en serons
plus enflammez. »

Cephise prit alors des feüilles de Mirthe et de Roses.
« Je veux, dit-elle, en couvrir l'Amour. Les Jeux et
les Ris le chercheront, et ne pourront plus le trouver. »
Elle les jetta sur lui, et elle rioit de voir le petit Dieu
presque enseveli. « Mais à quoi m'amusai-je ? dit-elle.
Il faut lui couper les aîles, afin qu'il n'y ait plus sur
la terre d'hommes volages, car le petit Dieu va de
cœur en cœur et porte par tout l'inconstance. » Elle

prit ses ciʒeaux, s'assit, et, tenant d'une main le
bout des ailes dorées de l'Amour, je sentis mon cœur
frappé de crainte. « Arrête, Cephise ! » Elle ne m'entendit pas ; elle coupa le sommet des aîles de l'Amour,
laissa ses ciʒeaux et s'enfuit.

Lorsqu'il se fut reveillé, il voulut voler, et il sentit
un poids qu'il ne connoissoit pas : il vit sur les fleurs
le bout de ses aîles, il se mit à pleurer. Jupiter, qui
l'apperçut du haut de l'Olimpe, lui envoia un nuage
qui le porta dans le Palais de Gnide, et le posa sur le
sein de Venus. « Ma Mere, dit-il, je battois de mes
aîles sur vôtre sein, et on me les a coupées. Hé ! que
vais-je devenir ! — Mon fils, dit la belle Cipris, ne
pleureʒ point ; resteʒ sur mon sein, ne bougeʒ pas, la
chaleur va les faire renaitre. Ne voyeʒ-vous pas qu'elles
sont plus grandes ? Embrasseʒ-moi ; elles croissent,
vous les aureʒ bientôt comme vous les avieʒ ; j'en vois
déja le sommet qui se dore : dans un moment...... C'est
asseʒ, voleʒ, voleʒ, mon Fils. — Ouy, dit-il, je vais me
haʒarder. » Il s'envola ; il se reposa auprès de Venus,
et revint d'abord sur son sein. Il reprit l'essor ; il alla
se reposer un peu plus loin, et revint encore sur le sein
de Venus. Il l'embrassa, elle lui sourit ; il l'embrassa
encore et badina avec elle, et enfin il s'eleva dans les
airs, d'où il regne sur toute la Nature.

L'Amour, pour se vanger de Cephise, l'a rendüe la

plus volage de toutes les Belles : il la fait brûler chaque jour d'une nouvelle flâme. « Elle m'a aimé, elle a aimé Daphnis, et elle aime aujourd'hui Cleon ! Cruel Amour ! c'est moi que vous punissez. Je veux bien porter la peine de son crime, mais n'auriez-vous point d'autres tourmens à me faire souffrir ? »

FIN

CLASSEMENT DES GRAVURES

TABLE

ACHEVÉ D'IMPRIMER

le 15 Juin 1880

SUR LES PRESSES DE CH. BLIND, TYPOGRAPHE

A DOLE-DU-JURA

POUR LÉON WILLEM, ÉDITEUR

A PARIS

LES GRAVURES

DU

TEMPLE DE GNIDE

ÉDITION LÉON WILLEM 1879

ONT ÉTÉ TIRÉES

Par Motteroz, Typographe

à Paris

MÉDAILLE D'OR

À L'EXPOSITION UNIVERSELLE DE PARIS 1878

LES GRAVURES

DU

TEMPLE DE GNIDE

ÉDITION LÉON WILLEM 1879

ONT ÉTÉ TIRÉES

Par Motteroz, Typographe

à Paris

MÉDAILLE D'OR

A L'EXPOSITION UNIVERSELLE DE PARIS 1878

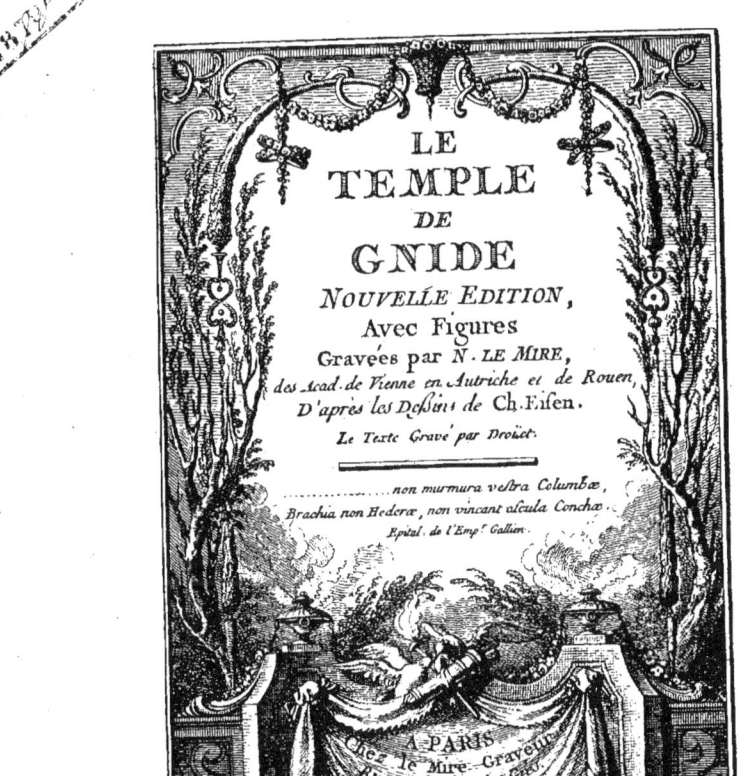

LE
TEMPLE
DE
GNIDE
NOUVELLE EDITION,
Avec Figures
Gravées par *N. LE MIRE,*
des Acad. de Vienne en Autriche et de Rouen,
D'après les Dessins de Ch. Eisen.

Le Texte Gravé par Drouet.

.... *non murmura vestra Columbæ,*
Brachia non Hederæ, non vincant oscula Conchæ.
Epital. de l'Empr Gallien.

A PARIS,
Chez Le Mire. Graveur,
Rue St. Etienne des Grès.

AVEC PRIVILEGE DU ROI.
1772.

Car Eisen del.   N. le Mire Sculp.

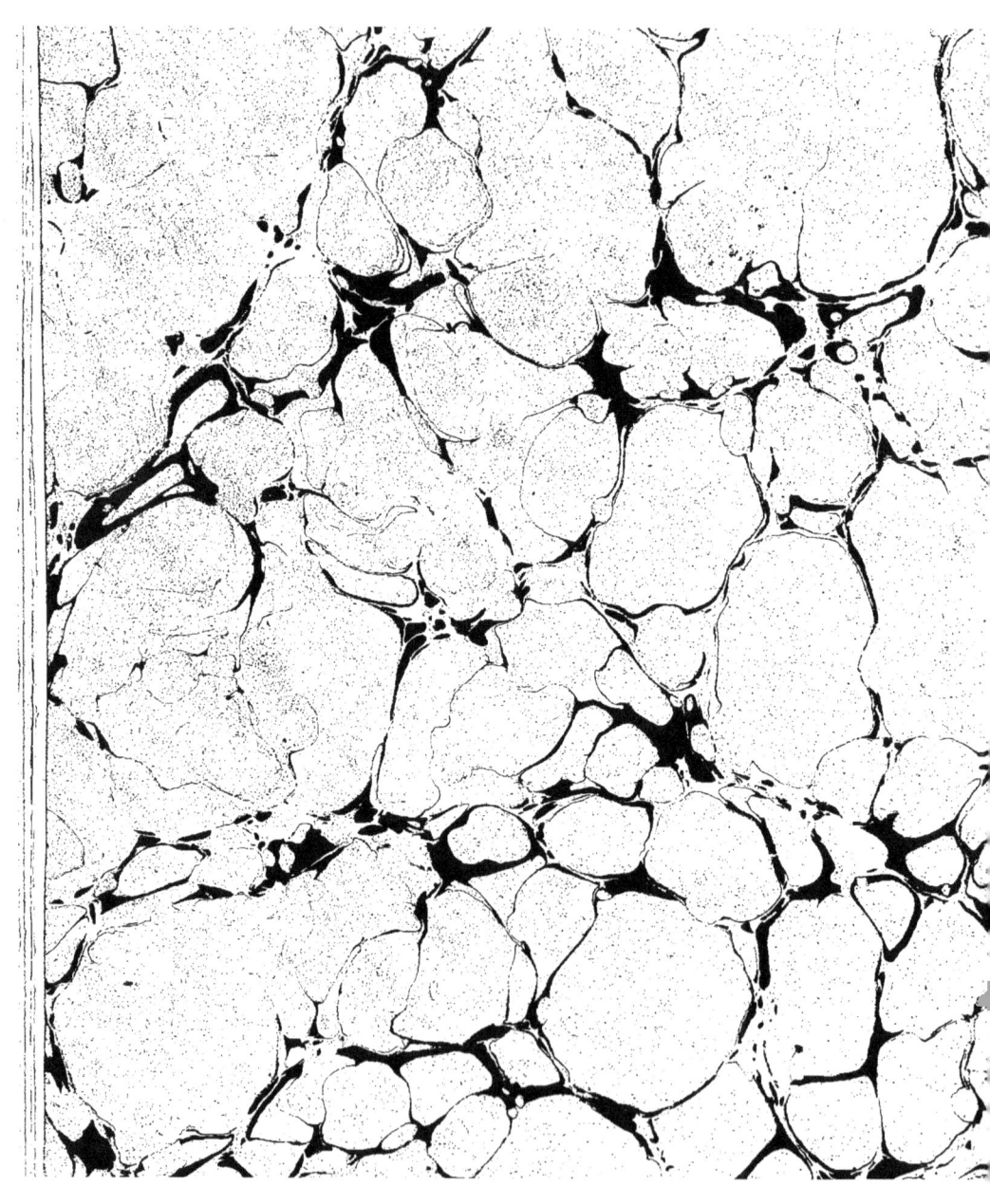

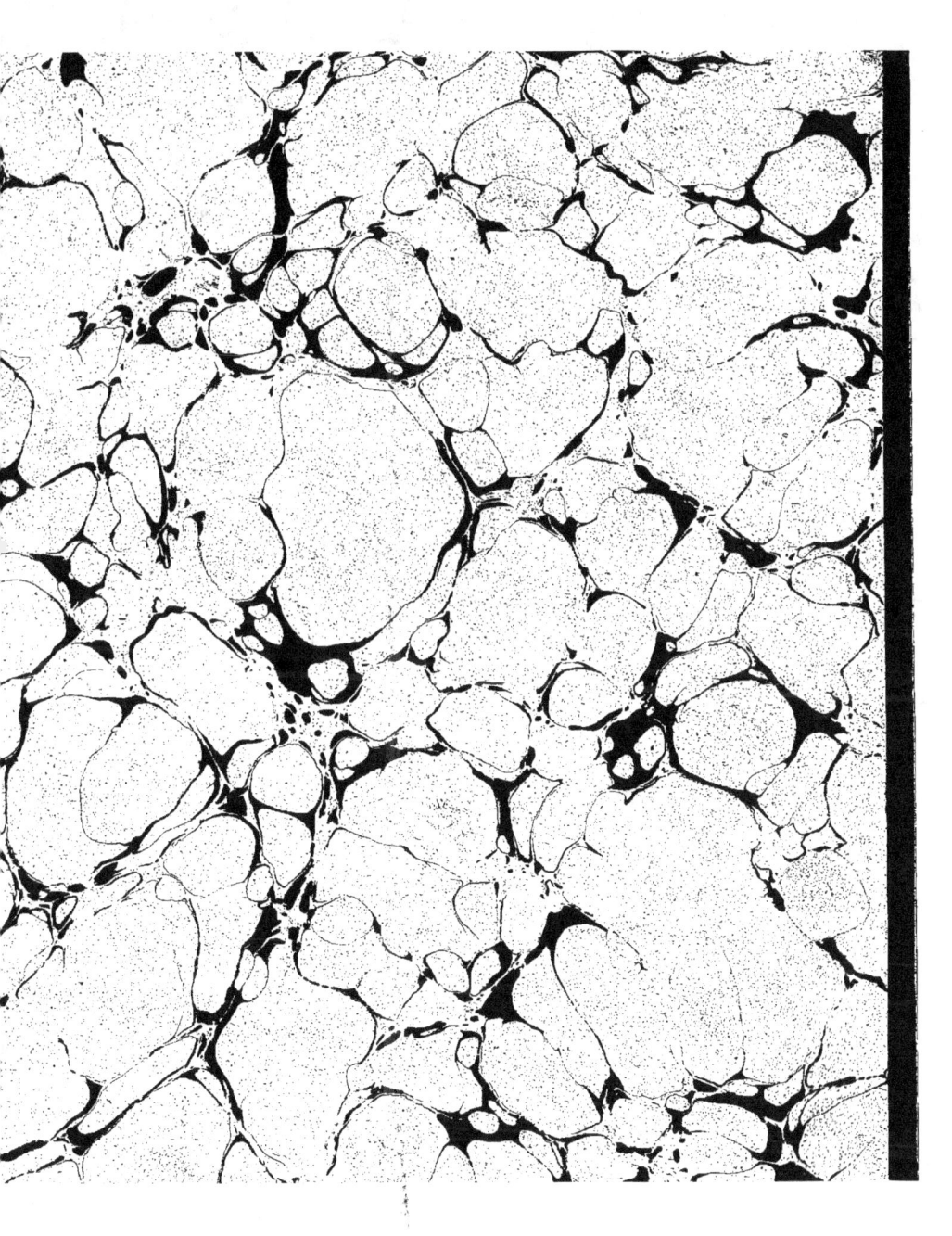

www.ingramcontent.com/pod-product-compliance
Lightning Source LLC
Chambersburg PA
CBHW051146260626
47170CB00005B/1980